女性不信の皇帝陛下は娶った妻にご執心

プロローグ

「――わたくし、妊娠しておりますの」

そう聞かされて、グラファーテ帝国皇帝であるエーレンフリートは、まじまじと目の前の妻を見つめた。

皇妃アドリーヌ。九年前、政略結婚で娶（めと）ったエーレンフリートの妻である。しかし、これまでに子ができるような交渉は二人の間には存在していない。

それもそのはず。結婚した当時、エーレンフリートは十八歳だったが、アドリーヌはまだ八歳の幼子（おさなご）であった。加えてアドリーヌの母国ロシェンナ王国の風習に合わせ、成人となる十八までは白い婚姻を前提とした輿入（こしい）れであったからだ。

そして、現在アドリーヌは十七歳。あと一年経てば、契（ちぎ）りを結んで正式な夫婦となる、はずであった。

「……そうか、その……体調は大丈夫なのか？」

「え？　え、ええ……」

何を言えばいいのかわからない。ありていに言えば、虚を突かれて頭の中が真っ白になったエーレンフリートの口から出たのは、あまりにもこの場にそぐわない一言だった。常日頃から英明にして冷静、と謳われる彼にしては間抜けすぎる一言だったと言ってもいい。

だが、言われた方のアドリーヌは早々に戸惑いから立ち直ると、口の端に苦笑めいた笑みを浮かべた。そんな、これまでに見たことのないような表情の方が、エーレンフリートにとっては衝撃が大きい。

何せ、この九年——お互いに、言ってみれば兄と妹のように過ごしてきた仲である。その間、アドリーヌのこんな表情をエーレンフリートは見たことがなかった。

「……お怒りには、ならないのですね。まあ、そうだろうとは思っていましたけれど」

「は……？」

ため息をついたアドリーヌが、背後を振り返る。控えていた騎士がそれを合図に、アドリーヌの方へと歩み寄ってくるのが見えた。

「陛下、わたくしにとってあなたは——夫というよりも兄でした。あなたにとっても、わたくしは妹でしたでしょう？」

「否定はしないが……」

それでも、十八を、成人を迎えればきちんと妻として遇するつもりであった。幼かった妻がだんだんと女性らしく花開いていくのを、一番近くで見守っていたのは夫である自分だったはずだ。それが妻に対して、というよりも年の離れた妹を見守るような気持ちであったことは確かであるが。

「誰と、ともお尋ねにならないのね」

「あ……ああ、いや……」

そうだ、妊娠したというからには、この幼げな妻を――エーレンフリートがそれなりに大切に慈しんできた無垢な花を手折った男がいるということだ。

アドリーヌが振り返った先には、先程歩み寄ってきた騎士が膝をついている。その視線に含まれた甘い色。それを見た瞬間、エーレンフリートはすべてを察した。

シャルル・ラクロワ。アドリーヌが母国から連れてきた騎士で、このグラファーテ帝国内でも皇妃付きとして長く側にいた男である。

金の髪に緑色の瞳をした優男だ。そのくせ、剣の腕は確かである。エーレンフリートもそれなりに信用し、アドリーヌに関するすべてをほとんどこの男に任せていた。

「そうか、お前が……」

「……申し開きのしようもなく」

膝をついたまま頭を下げ、シャルルはたった一言そう述べただけである。だが、彼の立場では確かにそれ以上の言葉は言えないだろう。

それを見ていたアドリーヌが素早く立ち上がり、シャルルの傍に膝を落とす。

「いいえ、あなたは悪くないわ……わたくしを、女として見てくれたのは、あなただけだもの……」

「アドリーヌさま……」

そっと背中に手を添えて、アドリーヌがシャルルの顔を覗き込む。それに応えて、シャルルも顔を上げた。その瞳には、甘ったるい色がふんだんに含まれている。

何を見せられているのだろう——とエーレンフリートがげんなりしたとしても、今は誰も責められないだろう。それほど、二人の間に漂うのは甘く、他者を寄せ付けない空気だ。

ふう、と知らず知らずのうちに、エーレンフリートの唇からはため息がもれた。

すでに妊娠している、というのであれば、もうこれはどうしようもない。

まさかこのまま婚姻関係を続けるわけにもいかないが、事を公にするのもまずい。

これから先のことを考えねばならないというのに、二人は自分たちの世界に入ったまま出てこないし、そもそも二人にはこの先のプランなどないのだろうな、と思う。

——一体どうするつもりだったのやら。

呆れに似た気持ちで、エーレンフリートはシャルルの端整な顔を侮蔑の気持ちを込めて見やる。

このままでは、この先、二人の未来はそう明るいものにはならないだろう。

もう一度ため息をついて、エーレンフリートは虚空を見上げた。とはいっても、九年も側で妹同然に過ごしてきた相手だ。このまま不貞の罪で放逐して、後は野となれ山となれ——という気には、さすがになれない。

——国元へ、帰すよりほかにないだろうな。

白い結婚を理由に、婚姻不成立を申し立てることは可能だろう。皇妃として遇してはいたが、アドリーヌは未成年だ。公務の類には一切かかわっていないし、皇妃として皇帝のパートナーを務めたこともない。

この九年で、グラファーテ帝国とロシェンナ王国の同盟関係もゆるぎないものになっている。

問題は、身重であるアドリーヌをロシェンナ王国側がどう遇するかだ。

シャルルと添わせてくれれば一番だろうが、果たして政略結婚の果てに不貞を犯し、未成年の身で妊娠した娘を――そして孕ませた男を、ロシェンナ国王は果たして許すだろうか。

そもそも――その先の考えに行きついて、エーレンフリートはさらに気が重くなるのを感じた。

白い婚姻であった、というのはエーレンフリートとアドリーヌにしてみれば明白な事実だ。婚姻時の取り決めでもそうなっている。しかし、すでに子を成している以上、アドリーヌの処女は失われているのだ。それがシャルルによるものだ、というのは身に覚えのないエーレンフリートにしてみれば明らかなのだが、果たしてロシェンナ王国側がそれで納得するかどうか。

――そのあたりは、こちらが力で押し切るしかあるまい。

幸い、グラファーテ帝国は九年前とは比較にならぬほど国力を増大させた。その礎となったのは、ロシェンナ王国との結びつきにより諸外国を抑えられたことにある。そこをつかれると弱いが、そもそもアドリーヌに非のあることなのだから、こちらの言い分を呑んでもらうしかあるまい。

未だ自分たちの世界に浸っている二人を見ながら、エーレンフリートはこの日三度目になるため息をついた。


――あの日から、一年。まだ、たった一年だ、というのに。

当時のことを思い返しながら、エーレンフリートはため息混じりに疑問を投げかけた。

「なあ……俺は、この国で一番偉いんだよな……?」

「もちろんです、陛下」

その問いに答えたのは、皇太子時代から側近として仕えてくれているバルトルト・アイヒホルンである。公爵位を持つアイヒホルン内務大臣の息子で、焦げ茶色の髪に濃緑の目をした、少しばかり軽薄な雰囲気のする男だ。

だが、その軽薄さでもってあちこちに顔が利き、情報を集めるのに役立つ男でもある。エーレンフリートにとっては、幼少期から共に過ごした気安い相手でもあった。

そのバルトルトの軽い返答に、エーレンフリートは琥珀色の瞳をすがめて彼の手にある小さな肖像画を一瞥した。

ずい、と差し出されたそれを、一応手に取る。だが、描かれた肖像を見ることもなく、それでべしべしと机をたたいた。

「それが、自分の妻さえ自由に決められんとは、どういうことだ」

「どういうもこういうも、陛下が一向にお決めにならないからでしょう」

エーレンフリートは唸り声をあげると、黒い髪をぐしゃりとかき混ぜてその肖像画をぽいと投げ捨てた。

「決定なのか」

「決定ですね。ほら、顔くらい見ておいてください。割と美人ですよ」

「顔なんかどうでもいい」

「それじゃ身体ですか？　それもほら……」

「それもどうでもいい」

　エーレンフリートは吐き捨てるように口にした。肩をすくめたバルトルトが、肖像画を拾い上げ、ぽんぽんとほこりを払うような仕草をしてから机の上に置く。エーレンフリートの琥珀色の瞳がそれをちらりと見てから、またバルトルトに視線を戻した。

「女なんてみんな嘘つきだ」

「ほら、また始まった……」

　前妻——と言っていいのだろうか。アドリーヌとは婚姻不成立の申し立てがあっさりと受理されて他人に戻った。あれから一年が過ぎたが、アドリーヌが子を産んだという話は聞こえてこない。

　つまり、エーレンフリートは二重に騙されたのだ。

　これを仕組んだのは、おそらくあのシャルルとかいう騎士だろう。アドリーヌは年齢のわりに幼く、そういったはかりごとには向かない女だった。

　——道理で、ロシェンナ王国側も何も言わないわけだ。

　そもそも、ロシェンナ国王は娘には甘い。ことに、幼くして他国に嫁ぐことになったアドリーヌには負い目もあったことだろう。

　虚仮にされた、と怒りに任せてロシェンナ王国に多大な賠償を請求しても良かった。だがそれでも、エーレンフリートには九年間を兄妹のように過ごしたアドリーヌへの情がある。

　その一方で、騙されたという思いは、エーレンフリートに女性への強い不信感を抱かせるに十分なものだ。

十八から九年の間、エーレンフリートは幼い妻であるアドリーヌに配慮して、他の女性と一切遊ぶことなく身を慎んで生きてきた。それを裏切られたのだから、当然ともいえる。

なんにせよ、アドリーヌがエーレンフリートに残した傷は大きかった。帝位にあって皇妃不在はよろしくない、と持ち込まれる縁談の数々を断る日々を続けるほどに。

それにしびれを切らした議会が、とうとうエーレンフリートに最後通牒を突き付けたのである。

「ルイーゼ・クラッセン、か」

「クラッセン侯爵の娘ですね。今年二十になります」

「……二十？」

エーレンフリートは眉をひそめた。二十、といえばすでに貴族の子女ならば結婚していておかしくない年齢だ。最近は結婚が遅いことも多いと聞くが、それでも十六までには婚約者が決まっているのが相場である。

侯爵家の娘であれば、なおさら早く婚約者が決まっていてもおかしくはない。

それに加え、八つも年下だということも気にはなった。

「あー……その、ちょっとワケありでして……でも、侯爵令嬢としてはなんら瑕瑾のない、素晴らしい方ですよ」

「そんなに素晴らしい令嬢なら、お前が嫁にもらったらどうだ」

バルトルトとエーレンフリートの年齢は同じだ。揶揄するようにエーレンフリートが言うと、バルトルトはまた大げさに肩をすくめた。

「私の結婚は、陛下が皇妃を迎えられてからですね」

「……逃げるのがうまいな」

「それに、私はすでに婚約者がおりますしね。陛下ももう二十八におなりですよ。さすがにこれ以上は引き伸ばせませんって」

はあ、と大きなため息をついて、エーレンフリートは明らかに劣勢なこの話を打ち切ることにした。なんにせよ議会が承認したからには、このルイーゼという娘がエーレンフリートの婚約者に決まったということだ。

ワケありだろうがなんだろうが、決まってしまったからには仕方がない。議会の決定をはねのけることは、いかに皇帝といえどもできないのだ。

こうして、グラファーテ帝国皇帝の縁談はまとまったのである。

第一章　皇帝の結婚

さて、縁談のもう一方の主であるルイーゼ・クラッセンは、その話を父から聞かされていた。

「――というわけで、お前と陛下の婚姻が決まった」

「まあ」

大きな紫の瞳を瞬(またた)かせ、ルイーゼは父親の顔を見る。そんな娘の様子を見て、父であるクラッセン侯爵は大きく息をついた。

「できればお断りしたかったんだがなあ……他に婚約者も夫もいない適齢の娘は、お前くらいのものだからな……」

ははは、と力なく笑った父に、ルイーゼが苦笑をもらす。

「まあ、その……申し訳ありません……」

「お前に非のあることではないからな」

「ま、そうなんですけれど」

悪びれないルイーゼの言葉に、クラッセン侯爵はくすりと笑った。

この国では珍しい銀糸の髪に、紫水晶のような瞳。ルイーゼは、外国から嫁いできた祖母の血を見事に受け継いだ容姿をしている。さらには美女と名高かった祖母に似て、ルイーゼもまた美しい娘であった。

貴族の子女らしくきちんと学問も修め、淑女としての嗜みも一通りこなす。

だが、その性格が現在のクラッセン侯爵夫人である母に似てしまったのが良くなかったのだろう。

おっとり、といえば聞こえはいいが、ルイーゼはだいぶぼんやりした感じのする娘であった。そして、そのぼんやりとした性格のわりに物言いがだいぶ率直なのである。いや、むしろ辛辣と言ってもいいかもしれない。

おっとりとした顔つきのルイーゼから放たれる一言は、時に思わぬ一撃を相手にかましてしまうことがあった。

家族は慣れていたが、婚約者に選ばれた男はどうやらそれが気に入らなかったらしい。ぼんやりしているくせにきつい言葉を吐く――とルイーゼを毛嫌いし、他の女性に鞍替えしてしまったのだ。当然、怒り狂ったクラッセン侯爵が相応の賠償金をもぎ取ったのだが、それが更にルイーゼを縁談から遠ざけてしまった。

そんなわけで、ルイーゼは侯爵令嬢であるにもかかわらず、二十になっても婚約者もおらず、結婚もしていない、という状態だったのである。

幸いなことに、弟で嫡子であるアルフォンスはちゃっかりと意中の女性と婚約している。クラッセン侯爵家としてはルイーゼひとりが結婚していなくても、まあいいかという空気ではあった。何せ、アルフォンスの婚約者であるクリスティーネ嬢は、ルイーゼにとって親友でもある。なんなら結婚せず、ずっと侯爵家で一緒にいてくれたら嬉しいわ、と言うような女性なのだ。

こうして、ルイーゼは結婚せず、すっかりクラッセン侯爵家で生きていく気満々だったのだが――そこへ突然降ってわいたように、皇帝エーレンフリートとの縁談がまとまってしまったのである。

「ところで、お父様」

「ん？　なんだい、ルイーゼ」

おっとりとルイーゼに呼びかけられて、クラッセン侯爵は顔を上げた。榛色の瞳が優しく娘を見たが、続いた言葉に凍り付く。

「陛下は、だいぶ女性不信を拗らせている、とお伺いしたことがありますが」

「……お前、それを誰から聞いたんだい？」

あら、とルイーゼは微笑んだ。

「いやだわ、そんなの……夜会に出れば噂になっていますもの。この一年、陛下にいろんな縁談がおありだったけれど、どれもこれもお断り、女なんぞ信用ならん、と仰（おっしゃ）っていると」

クラッセン侯爵は頭を抱えた。それが真実であることを知っていたからだ。

「だから本当は嫌なんだよなあ……」

「まあ」

肩を落とした父の姿に、ルイーゼはまたくすくすと笑い声をあげた。

「まあ、決まってしまったものは仕方がありません。私に務まるかどうかはわかりませんが、精いっぱい頑張ってまいります」

「すまないな」

でも、離縁されて戻ってきても怒らないで迎えてくださいね、というルイーゼの言葉に、クラッセン侯爵はなんとも言えない顔になるのであった。

なるべく早くに皇妃を迎えたい、という意向に添い、ルイーゼはそこからしばらく忙しい日々を送った。準備のために費（つい）やされた期間は、たったの半年だ。

そんな短い準備期間ではあったが、それなりの体裁（ていさい）を整え、よき期日を占ったうえで、この日、婚姻式典が厳（おごそ）かに執（と）り行われた。

聖シャトゥール大教会の頂上にある大きな鐘が、澄（す）んだ音を帝都に響かせている。

「病める時も、健やかなる時も……」

お決まりの誓いの言葉を述べる司祭を前に、ルイーゼは少しばかり緊張していた。夫となるエーレンフリートにとっては二度目のことだが、自分にとっては初めてのことだ。

ヴェール越しにそっと隣のエーレンフリートを透かし見る。すると、彼は少しばかり不機嫌そうな顔で前を見ていた。

その姿に、なんだかため息をつきたくなる。

女性不信を拗らせている、とは聞いていたが、聞きしに勝る拗らせぶりだ。何せ、自分の婚姻式典であるというのに、仏頂面を隠しもしない花婿なのだから。

――うまくやっていけるかしら。

少しだけ、不安が胸をよぎる。

それでも、遠目にしか見たことのなかった皇帝エーレンフリートは、近くで見ると目を瞠るほど美しい男性であった。

実を言えば、お互いの忙しさに紛れ、実際に顔を合わせるのは、今日この時が初めてである。

ヴェールを被っているので、ルイーゼの視線には誰も気付いていないようだった。それをいいことに、ルイーゼは今度は大胆にエーレンフリートの顔をじろじろと眺めまわす。

黒髪を後ろへ流すようにセットし、すっきりと額を出したことで、意志の強そうな形のいい眉が見えている。その下の琥珀色の瞳は、やや吊り目がち。鼻が高く、唇は少し薄めだ。それらがバランス良く配置されたその顔は、男性ながら美しい、という言葉がしっくりくる。

身近なところでは、弟であるアルフォンスも充分に美しい男であった。だが彼の場合は、どちらかというとやはり祖母の血が濃く出たのか中性的な美貌である。男性的な美しさ、というものを、ルイーゼはこの日初めて実感したのであった。

考え事をしている間にも、式は厳かに進行していく。お互いに「誓います」と結婚の宣誓を行うと、司祭はにっこりと微笑んで黒い皮表紙の教本を置き、腕を開いた。

「では、二人誓いの口付けを」

司祭の言葉に促されて、お互いに向き合う。エーレンフリートの手で、ルイーゼの被っていたヴェールがゆっくりと引き上げられた。

この日初めて、何に遮られることもなく二人の視線が交差する。

真っ直ぐにエーレンフリートの顔を見上げると、彼は一瞬はっとしたように息を呑んだ。頬に添えようとした右手が迷ったように揺れ、そのくせ視線は不躾なほどじっとこちらを見つめている。きりりと結んだ唇からは、ぎり、と奥歯を噛み締める音が聞こえた、ような気がした。

――どうしたのかしら。

怪訝に思ったのも、ほんのわずかな時間だった。気を取り直したかのようにエーレンフリートの手がルイーゼの頬に触れ、顔が近づいてくる。手順通りの動きにほっとして目を閉じると、ルイーゼの唇に柔らかなものが触れた。

――人の唇って、柔らかいのね……。

初めての経験に、思わず小さく吐息がもれた。だが、すぐに離れていくと思った唇は、なかなか遠のいていかない。それどころか、何か湿（しめ）ったものが自分の唇を突いてきて、思わず「んっ」と息がもれた。さらにその湿（しめ）ったもの——途中で気付いたが、これはエーレンフリートの舌だ——が唇を舐（な）めていく。

息苦しさに喘（あえ）ぐと、それはまるで待っていたかのように口の中へと侵入してきた。舌先が歯を辿（たど）り、驚きに身をこわばらせる。思わず逃げようとしたが、いつのまにか頭の後ろをエーレンフリートの大きな手に抱えられ、身動きできない。んんっ、と鼻にかかった、まるで甘えるような声が小さくもれてしまい、恥ずかしさに頭がくらくらする。思わず彼の上着をぎゅっと握りしめると、腰を支えた腕がルイーゼを抱き込み、口付けがより深くなった。

逃げる舌を追いかけられ、絡（から）め取られる。小さく水音が立ち、溢（あふ）れそうになった唾液（だえき）をエーレンフリートが啜（すす）って飲み込む。

それに気付いて、ルイーゼの体はカッと火がついたように熱くなった。

——うそ、今……！

思わず彼の体を押し返そうとしたところで、司祭の咳払（せきばら）いの声が聞こえた。その声で我に返ったのか、エーレンフリートがはっとしたように顔を上げる。

——なに、今の……？

困惑したルイーゼはそんな彼の琥珀色の瞳を、ぼんやりと見つめた。その先で、エーレンフリートが妙に満足げに微笑むのが見えて、どきりと心臓が跳ねる。

周囲から見れば情熱的な口付けを披露した二人は、参列した貴族たちに笑顔で見送られ、聖シャトゥール大教会を後にした。

ここからは予定されていた通りに皇城までの道のりを、馬車に乗って移動していく。途中、道なりに皇帝と新たな皇妃を祝福する人々が詰めかけていて、それに応えて手を振ったりもした。

だが、その間二人の間には会話はない。

エーレンフリートはもともと無口な方であったし、対するルイーゼは少しばかり頭が混乱していたからだ。

何せ、女性不信を拗らせた女嫌いのはずの皇帝が、神聖な婚姻式典であれほどに情熱的な口付けをしてきたのである。そして、口付けを終えた後の満足そうな笑み。

男性的な魅力にあふれたその微笑みは、ルイーゼの鼓動を一気に加速させるのに十分な威力を発揮した。

――ほんと、なんなの、これ……

ルイーゼはこれまで、短い期間いた婚約者以外に男性と親しく接したことがない。その婚約者だって、ルイーゼのことを毛嫌いしていたため、口づけどころか手を握ったことすらない。

噂に聞いていたとおり女性不信の皇帝ならば、必要以上の接触はしてこないのではないか、とも思っていた。

だというのに、エーレンフリートは手馴れた様子でルイーゼに口付けたのみならず、その口の中にまで舌を挿し込み蹂躙してきた。

ルイーゼだって、もう二十だ。それなりに友人たちのそういった話も聞いていたし、口づけには色々種類があることだって知っている。だけど、話に聞いて想像していたものと、エーレンフリートにされた口づけは全く違っていた。

舌が歯をなぞるだけで身体が震えることも、絡(から)められる舌が熱いことも、唾液(だえき)がほんのり甘く感じることも——そして、あんな、変な声がもれてしまうことも、想像したことはなかった。それに、口付けだけで腰が抜けそうになってしまうことも、だ。

正面ではなく、隣に座っているエーレンフリートの横顔を思わず盗み見る。式典の間の仏頂面(ぶっちょうづら)とは違い、今のエーレンフリートはどこか機嫌がよく、窓の向こうの声に応(こた)えて手を振っていた。それをじっと見ていたルイーゼの視線に気付いたのか、エーレンフリートが振り返る。

「ほら、ルイーゼ、きみも手を振ってやれ」

促(うなが)されて、ルイーゼもおずおずと手を振った。窓の外で歓声が上がり、祝福の言葉が降り注(そそ)ぐ。眩暈(めまい)がしそうなほどの青空と、民衆の歓声。そして、自分に向かって微笑むエーレンフリート。

ルイーゼはだんだん訳がわからなくなって、曖昧(あいまい)な笑みを浮かべたまま、早く城に着くことを祈って手を振り続けた。

しかし、念願かなってようやく城に着いた後も、ルイーゼの受難は続いた。当然だが、一国の皇帝の婚姻である。式典は城に戻った後が本番と言ってもいい。

今度は皇城の中で皇妃の冠をかぶせられる戴冠の儀式が行われ、次にその姿をお披露目(ひろめ)するという名目でバルコニーに引っ張り出される。

そこへ集まった人々に笑顔で手を振るよう、促(うなが)され、あろうことか、その場でもエーレンフリートはごく軽くではあるが、ルイーゼの唇に口付けをした。それを見て集まった人々が「今度こそは陛下もお幸せになるだろう」と口々に噂し合ったことは、さすがにルイーゼのあずかり知らぬことである。

真っ赤な顔で引っ込んだルイーゼは、今度は晩餐会のために着替えをすることになった。これがまた大変である。花嫁衣裳を着せられた時と同様に、わらわらと大勢の女官に取り囲まれ、寄ってたかってのお召し替えだ。朝早くから引っ張りまわされて息も絶え絶えのルイーゼは、女官たちのなすがまま、されるがままに着替えを終えた。ようやくひと心地ついた頃には、既にすっかり陽が落ちている。

皇城の広いホールには、ろうそくの炎揺らめく燭台がいくつも配置された大きなテーブルが準備され、招待を受けた帝国貴族たちが席に着いていた。中には、国外からの賓客と思しき姿もある。

盛大な宴席で、ルイーゼは当たり前だが、エーレンフリートの隣に座ることになっていた。婚姻式を終え、戴冠も済ませた今、ルイーゼの身分は皇妃である。しかし当然のことだが、こうした席に不慣れなルイーゼは全く落ち着かない。

いや、隣に座るだけであったら、ルイーゼはまだもう少し落ち着きがあっただろう。だが、こちらも着替えを済ませた麗しい姿のエーレンフリートが、ルイーゼをちらちらと見るのである。その視線にこそ、ルイーゼはもっとも緊張した。

かちんこちんになったルイーゼを見かねたエーレンフリートの側近が、原因たる彼に何か耳打ちしてくれた。だが、それでも彼はちらちらとこちらばかりを見てくる。

なんだかその視線がむずがゆい。背筋の辺りがもぞもぞする。

はあ、と小さな息を吐いて、ルイーゼはこの宴席も早く終わらないだろうかなどと、そんなことばかりを考えていた。

だからだろうか。どこかぼうっとした様子のエーレンフリートに、側近の青年が小さく肩をすくめ、呆れたようなまなざしを向けていたことには気付かなかった。

「さぁ、皇妃陛下はこちらへ」

やがて宴がはけ、エーレンフリートとルイーゼはそれぞれ身支度のために自室へと向かう。

なんだかもうとても疲れてしまった。案内された自分の部屋で小さな吐息をもらしたルイーゼは、これでやっとゆっくりできると思ったが、そうは問屋がおろさない。

わらわらと集まってきた女官たちの手によって浴室でぴっかぴかに磨き上げられる。それから、仕上げとばかりになんだか頼りない生地のうすっぺらい寝間着を着せられた。

こちらが今夜からおやすみになるお部屋です、と通されたのは大きな寝台のある寝室で、ここまでくればさすがのルイーゼもその意味に思い至る。かあ、と顔に熱が集まって、落ち着かない気持ちで部屋の中を見回した。

しかし、その女官たちが下がっていくと、テーブルセットに用意された酒と肴を前にソファに座っていたルイーゼは、ふと思った。

——陛下はこちらにいらっしゃるかしら……？

夫婦の部屋の作りは、おそらく一般的な貴族の邸宅と変わりないだろう。基本的にここは夫婦の寝室ではあるが、夫の部屋にはもう一つ、自分専用の寝台があるのが普通だ。

妻の体調が良くないとか、仕事で遅くなるとか――とにかく、妻と一緒に眠れない時に使用するためのものである。

あの女性不信を拗らせた女嫌いと言われるエーレンフリートのことだ。わざわざ信用できない『女』である自分と床を共にするつもりがあるのか、というのがルイーゼの疑問であった。

「うーん、どうかしらねえ……」

ルイーゼは唸った。

まあ、本当のところを言えば、今日は来ても来なくても、ルイーゼにとってはどちらでもいい。

挙式の時や、バルコニーでのお披露目の時にも思ったことだが、エーレンフリートは女性に触れることに関してはそれほど忌避感を持っていないようだった。となれば、あとはゆっくり信頼関係を築いてからでも、子作りは遅くない。

――まあ、年齢的なことを考えたら、そりゃ多少は急ぐべきかもしれないけど。

エーレンフリートは二十八歳、ルイーゼは二十歳だ。近年ではそれほど遅い部類にはならないだろうが、かといって、のんびり構えられるほど若いとも言えない。

できれば早めに信頼関係を構築して、子作りに励んでもらわなければならないだろう。そのために必要なのは、まずは相互理解である。そして、相互理解に必要なのは、まずは会話だ。

「陛下に歩み寄りを期待するのは……まあ、無理でしょうね」

何せ城に上がっていないルイーゼでさえ、エーレンフリートの女性不信とその原因についての噂を知っているのだ。そこまで噂になるほど拗らせている皇帝からの歩み寄りは、期待できないだろう。

「どうしたものかしら」

うーん、と考え込みながら、ルイーゼの手は肴として用意されていたクラッカーに伸びる。側の器に盛りつけられていたクリームチーズを塗り付けて、ひょい、と令嬢らしからぬ仕草で口の中へと放り込んだ。

さすが、皇城で用意されるものだけあって、とっても美味しい。ナッツが入っているのか、少しだけ香ばしい風味がする。

調子に乗ったルイーゼが更にテーブルに手を伸ばした時、彼女の背後にある扉がかすかな音を立てて開く。入ってきた人物は、ゆっくりとした足取りで彼女の背後に立った。

「うまいか？」

「はい、とっても……っ!?」

たっぷりとクリーム状のチーズを載せたクラッカーを口に運ぼうとしたところで後ろから声をかけられたルイーゼは、にやけた顔で頷いた後、はっとして真顔になった。

慌てて振り返れば、ルイーゼの肩越しにテーブルの上を眺めている男の姿がある。セットされていた黒髪が降ろされて額にかかり、少しだけ先が濡れているところを見ると、湯を使ったあとそれほど時間を置かずにここへ来たのだろう。

ふうん、と呟くようにして出された低い声が、その様子と相まってそこはかとなく艶めかしい。

ガウン姿でさえ妙に気品を感じられる姿の持ち主は、当然ながら、今日ルイーゼの夫となったエーレンフリートであった。

「あ、陛下……い、いらしてくださったのですね……」

「ん……？　妙なことを言う。ここは俺の寝室でもあるのだから、当然だろう」

その当然が当然じゃないと思っていたんです、という言葉をどうにかルイーゼは呑み込んだ。急に心臓がどきどきしてくる。

――来た、ということは、その……

思わずちらりと視線を寝台へと走らせた。はしたないとは思いつつも、これから未知の体験をするのだということを、いやがおうにも意識してしまう。

その緊張に身体を固くしたルイーゼに気付いているのかいないのか、エーレンフリートは酒瓶に目を止めると口元に薄い笑みを浮かべた。

それだけで、妙に匂い立つような色気があたりに漂(ただよ)って、ルイーゼの緊張は極限まで高まってしまう。思わず胸のあたりに手をやると、エーレンフリートに気付かれない程度に深く息を吸い込んで、それをゆっくりと吐き出した。

その間にエーレンフリートは、ルイーゼの隣に腰を下ろし、グラスを用意し始める。

「ルイーゼ、きみはお酒は嗜(たしな)むのかな」

「あ、いえ、私(わたし)は……あ、わたくしは、お酒は……」

「ルイーゼ」

緊張のあまり、ぽろりといつもの「私」という一人称を口にしてしまったルイーゼは、あわてて淑女らしく、と教え込まれた「わたくし」に言い換えようとした。だが、そう口にしたとたんエーレンフリートから強い調子で名前を呼ばれる。

え、と小さな声とともに顔を上げると、眉間にしわを寄せた彼と目が合った。

「それ、やめてくれないか」

「……それ？」

「普段は『私』と言っているのなら、プライベートではそのままでいいだろう。俺だって、普段は自分のことは『私』などとは言わない」

不機嫌そうに少し早口にそう言うと、エーレンフリートは自分のグラスにだけ酒を注ぎ入れる。それから何かを探すようにテーブルの上に視線を彷徨わせた後、肩をすくめてもう一つのグラスには水を注いだ。

その水の入ったグラスを、ルイーゼの方につい、と押しやってくる。

「俺は嘘が嫌いだ。俺の前で自分を偽ることはするな」

「……はい」

たかが一人称ごときで大げさな物言いだと思わないでもない。だが、彼が女性不信になった原因を思えば、ほんの少しでも偽りは許せないのだろう。ルイーゼは大人しく頷いた。

「ありがとうございます、陛下。私、精いっぱいつとめさせていただきます」

「……ふん」

水のグラスを持って礼を言うと、エーレンフリートはそっぽを向いた。だが、思わぬ彼の優しい心遣いに、ルイーゼの気持ちはほんのりと暖かく、そして明るくなる。

彼は、たった一言でルイーゼがあまり酒が得意でないことを気に留め、こうしてそれ以外の飲み物を用意してくれた。ただの水ではあるけれど、それが嬉しい。

思っていたよりもずっと、エーレンフリートとはうまくやっていけるようになるかもしれない。

肩から力が抜けて、ルイーゼはにっこりと微笑んだ。すると、エーレンフリートも、グラスを傾けながら微笑み返してくれた、と思う。

――さて、ここからどうしたらいいのかしら。

とにかく、閨事は夫に任せるべし、というのが母の教えだ。相手は経験者だから、それこそ問題ないだろう。

ぐるぐると考え込んでいると、エーレンフリートがグラスを傾けているのが見える。彼は酒に強いのだろうか、先ほどからそればかりを飲んでいるようだ。確か、そのような飲み方をしては良くないと聞いたことがあった。酒だけでなく、食べ物を一緒にとるのが正しい酒の飲み方なのだと。

「あ、陛下、これ美味しいですよ。どうぞ」

「ん」

エーレンフリートに勧めると、彼はなぜか眉間に皺を寄せて小さく頷いた。

「……ふふっ」

まるで拗ねた子どもみたいな態度だ。年上のはずなのに。なんだか妙にかわいらしく見えて、ルイーゼの口元に再び笑みが浮かんだ。

　エーレンフリートがクラッカーを口に運ぶのを見つめながら、自分も同じようにする。

　そんなふうにしばらく過ごしているうちに、ルイーゼの首はかくん、かくん、と揺れはじめた。

　早朝から準備に追われ、緊張と戸惑いの一日を乗り越えたルイーゼは、すでに体力の限界を迎えつつあったのだ。

　——ああ、もうだめかも……

　ふ、と意識が遠のいて、身体がぐらりと倒れていく。遠くに霞（かす）む意識の下で、温かくて広い何かに受け止められた感触がした。ほっとして、小さく息を吐く。

「ル、ルイーゼ……？」

　ああ、これはエーレンフリートの声——受け止めてくれたのは、ではエーレンフリートだろうか。

　少し熱ささえ感じる手のひらを肩に感じたところで、ルイーゼの意識は今度こそ闇の中に落ちて行った。

第二章　皇帝はご機嫌斜め

「……これはこれは、皇帝陛下におかれましてはご機嫌麗（うるわ）しく」

「麗（うるわ）しく見えるなら今すぐ医者にかかった方がいいな」

翌日の昼過ぎになってやっと執務室へやってきたバルトルトの最初の一言に、エーレンフリートはむっすりと返事をした。

きっちり整えられた黒髪に、一分の隙もない服装。一見いつもと変わりない皇帝の姿に見えるが、その表情たるや極悪人のそれだ。眉間には深くしわが刻まれているし、よく見れば琥珀色の瞳はどんよりと曇っている。さらにはその目の下に、うっすらと隈ができていた。

明らかに、一睡もしていないとわかる。

昨夜はいわゆる初夜である。まあ、バルトルトもそれくらいは想定内であったし、どちらかといえば起きてこないことを予想して昼過ぎに一応執務室に顔を出したのだ。

そうして来てみれば、口元をへの字にひんまげたエーレンフリートに眼光鋭く睨みつけられる羽目になった。

とてもではないが、結婚したばかりの夫の顔ではないな、とバルトルトは思う。

そもそも、昨夜は初夜であったはずなのに、当人がこうして執務室にいるということ自体がもうおかしいのだ。

「……昨夜はあんなに張り切ってたのに……なんだ、うまくいかなかったんですか？」

「張り切ってなどいない！」

手にしていた書類を机にたたきつけて、エーレンフリートは背もたれにどすんと身体を埋めた。

高級で頑丈な造りの椅子が、ぎしりと嫌な音を立てる。

いやいや、張り切っていただろう。昨日のことを思い返して、バルトルトは口をへの字に曲げた。

何せ、美しい花嫁相手に鼻の下を伸ばしているところをしっかり見ていたのだ。長々とした口付けまで見せつけられ、それでもって宴の間中視線を釘付けにして、さらには妙ちきりんな『計画』まで立てて。

だが、皇帝陛下は明らかにご機嫌斜め、いや斜めどころか垂直下降といった様相。

どうやら昨夜何事か――エーレンフリートの意に沿わない事態が起きたのは明白であった。

もしかしたら、バルトルトの心配が的中してしまったのだろうか。何せ、エーレンフリートの女性不信は拗(こじ)らせレベルＭＡＸだ。寝室でとりかえしのつかない失敗をやらかしたとしても不思議ではない。

「なんだなんだ……土壇場で陛下の陛下が役に立たなかったとか？　まさかですけど、ルイーゼさまに拒否られた？　えっ、まさかですけどルイーゼさまに変なことをおっしゃったりしていないでしょうね……？」

不安のあまり、矢継(やつ)ぎ早(ばや)に質問を重ねてしまう。だが、エーレンフリートは不敬な質問をされたにもかかわらず、鷹揚(おうよう)に首を振った。

「……そのどれでもない」

「じゃ、うまくいったんでしょう？　いや、心配してましたけど、これで末永(すえなが)く仲良くしてくだされば、臣下としては一安心なんですけどね」

しかし、それにしては不機嫌なんだよなあ、とバルトルトが首を傾(かし)げた時、エーレンフリートがぼそりと呟いた。

「……それ以前の問題だ」

「……は？」

それ以前、とはどれ以前だ。傾げた首が元に戻らぬまま、バルトルトは目をぱちくりさせた。

エーレンフリートは不機嫌な表情のまま、ぼそぼそと後を続ける。

「昨日は、ルイーゼが寝てしまったからな……」

「あ、ああ……なるほど……」

ようやく皇帝の不機嫌の理由に思い至って、バルトルトは傾げたままだった首を正当な位置に戻した。

昨日、部屋に戻ったエーレンフリートから思いもよらない話を聞かされたのは記憶に新しい。

思い返して、バルトルトは少しばかり遠くを見つめた。

宴の後、エーレンフリートに付き従って部屋に戻ったバルトルトは、ため息混じりに苦言を呈した。

「いやー、陛下、あれはだめ、だめですよ……あんまり不躾にじろじろ見るのはどうかと思いますね」

「そんなに見ていたつもりはないが」

エーレンフリートの言葉に、バルトルトは肩をすくめた。全く、自覚がないとは恐ろしい。あんなに熱っぽい目で見ておいてか。

まあ、自覚のあるなしにかかわらず、どうやら我らが皇帝陛下は今日初めて会った皇妃陛下に心を奪われてしまったご様子。これなら、と心配していた分ほっとして、バルトルトの口からは軽口が飛び出した。

「それにしても美人でしたよね、ルイーゼさま」

「おまえ、肖像画を持ってきた時には『割と』などと言っていたくせに」

エーレンフリートに睨まれて、バルトルトは肩をすくめる。だが、それに続いた彼の言葉に目を丸くした。

「あんなに美しい娘だと知っていたら、結婚などしなかった」

「は、はあ……？」

何を言い出したんだ、と目を剥いたバルトルトの前で、エーレンフリートは首を振りながら話を続ける。

「十人中九人は間違いなく太鼓判を押すような美しい娘じゃないか。美人はダメだ……なんだあれは……妙に唇が甘くて……柔らかくて……」

話をしている途中で、エーレンフリートの頬に赤みが差し、瞳が宙を彷徨いはじめる。本人は自覚がないようだが、口元にうっすらと浮かんだ満足げな笑みは、大教会で見たものと同じだ。

ああ、とバルトルトは得心した。なるほど、これは面白い。ほくそ笑みながら黙って聞いていると、エーレンフリートははっと我に返ったようだった。ち、と小さく舌打ちして正気に戻った彼の着替えを手伝う。

どうやら我らが皇帝陛下は、皇妃陛下に一目惚れなさったらしい。あの情熱的な口付けを思い出して、必死に笑いを咬み殺す。女嫌いを拗らせているとばかり思っていたが、いやあ良かった——と思ったのも束の間。

着替えを終えたエーレンフリートは、またしても思いもよらぬことを言い出した。

「とりあえず、今度こそは皇妃に俺を裏切るようなことはさせない」

「……は？」

あまりにも唐突な宣言についていけず、間抜けな声が出てしまう。だが、そんなバルトルトには一切構わず、エーレンフリートは力強く続けた。

「いいか、バルトルト。女というのは放っておくとすぐに他所見をする生き物だ」

「い、いや、陛下？」

一体何を言い出したのか、と焦るバルトルトを尻目に、エーレンフリートは拳をぐっと握りしめる。

「今日一日目を光らせていたが、今のところは大丈夫のようだ。しかし、油断はできない」

「え、あれ目を光らせていたんですか？」

どう見ても、一目惚れした女を見る目でしたけど、とはさすがに言えず、バルトルトは半眼になってエーレンフリートの顔を見た。だが、皇帝の顔は至極真面目で、冗談を言っているようには見えない。

どうやら本人はいたって本気でそう考えているようである。

「それで、今夜はどうなさるんです？」

「もちろん行く」

バルトルトから受け取ったガウンに腕を通しながら、エーレンフリートは当然とばかりに答えた。

「バルトルト、俺は決めた」

「一応伺いますけど、何を？」

なんだか馬鹿らしくなってきたバルトルトはおざなりな返答をしたが、エーレンフリートは真剣な口調でこう述べた。

「女は放っておくとすぐに他所に心を移すと言っただろう。だから、今度はそんな暇がないようにしてやればいい」

力強くそう断言したエーレンフリートを見て、バルトルトはもうすべてがどうでもよくなってきた。どうやら皇帝は、皇妃となった女性が浮気しないように身体で堕とすおつもりのようだ。

しかも――本人がどう思っているかは知らないが、これはあれだ。おそらく下手にかかわると馬に蹴られるやつ。

あわれ、女性不信を拗らせた皇帝陛下の初恋は、やはり拗らせたまま進行するようだ。バルトルトは黙ってエーレンフリートの背を叩くと、そのまま無言で退室した。

ま、どうやら励むつもりはあるようだから、放っておいてもいいだろう――と。

と、まあこんな調子で「放っておくと浮気する、だから放っておかなければいい」などと豪語していたからには、エーレンフリートは己の閨事の手腕によほどの自信があったのだろう。それでもって妻を夢中にさせてやろうという魂胆であったはずなのに、腕を振るう機会を逃してしまったわけだ。いやはや、女性不信を拗らせた幼馴染を密かに心配していたが、やることはやってたんだなあ、という謎の感慨にバルトルトの目頭が熱くなる。

「まあ……ルイーゼさまもお疲れでしたでしょうしね。でも、これからいくらでも機会はあるわけですから」

「そうだが……なあ、バルトルト」

ふと、エーレンフリートの表情が真剣なものになる。ごくり、と唾を飲み込んで、バルトルトは皇帝の言葉の続きを待った。

「その……どうしたら、そういう雰囲気になる？」

「そういう……雰囲気ですか……？」

正当な位置に戻ったはずのバルトルトの首が、再び傾いた。どうしても、質問の意味がわからない。というか、わかりたくない。まさか——という疑念がむくむくと湧いてきて、バルトルトの思考回路を占拠する。

「あの、質問をよろしいでしょうか、陛下……」

「なんだ、気持ち悪いな」

恐る恐る手を上げたバルトルトに、エーレンフリートは不審なものを見る目を向けた。だが、そう言いながらも小さく頷いて質問を許す。

「あの、まさかですけどね、陛下……これまでに、その……ご経験は、当然おありですよね……？」

「経験？」

「えっ、この流れでその質問返し？　い、いや、もちろんその、閨事の、ですけど……」

バルトルトの言葉に、エーレンフリートの眉がぴくりと動いた。琥珀色の双眸に睨まれて、ひっ、と小さな悲鳴がもれる。

これまでにない迫力を醸し出す皇帝の姿に、そうだよな、さすがにそれはないよな、とバルトルトが思い始めた頃、エーレンフリートがきっぱりと返答をした。

「あるわけないだろう」

「マジで⁉」

思わず叫んでしまったが、それを責められる謂れはないだろう。あれほど自信満々に見えていたエーレンフリートが、まさかの童貞告白である。

しかし、当の本人は何の疑問も抱いていないらしい。何を言っているんだ、と言わんばかりの表情を浮かべている。

「十六になった時、ほら、指南とかなかったんですか？　いや、それでなくても……えっ、まさかのまさか、アドリーヌさまに貞節を……？」

「成人したころはちょうど父上の病状が悪化して、それどころじゃなかっただろうが。俺だってそんな浮ついた気分にはなれなかったし。あと、そのまさか、ってなんだ。当然だろうが」

まあ、アドリーヌにとっては当然じゃなかったらしいがな――と自虐的に呟いて、エーレンフリートは苦い顔つきになる。エーレンフリートが真面目に成人を、しかもロシェンナ王国の風習に合わせて十八を待っている間に、アドリーヌはさっさと他の男と通じてしまったのだ。

それを思い出すと、バルトルトもしんみり――はしなかった。

「えっ、だって陛下、昨日あんなに自信満々で『女は放っておくと浮気するから身体で堕とす』って」

「待て、そこまで言ってないぞ、俺は」

「いや、言ったも同然でしょ!? どう考えたってそうだったじゃないですか!? それがなんですか、え？ 童貞？ うそでしょ……」

「うるさい、はっきり言うな」

がっくりと膝から崩れ落ちたバルトルトに、エーレンフリートの冷たい視線が突き刺さる。だが、考えてもみてほしい。

エーレンフリートはれっきとした二十八歳の健康な男性だ。成人年齢が十六のグラファーテ帝国であるから、すでに成人して十二年が過ぎている。

その間には九年間、年下の幼い妻がいたわけで、そこできちんと貞節を守ったのは驚くべき精神力だ。まあ褒められるべきことだろう。というか、アドリーヌが十六を過ぎた頃に少しは悶々としなかったのだろうか、とすこし下世話なことを思ったりもする。

だが、結婚するまでの二年間と、婚姻が不成立になってからの一年間にも、まったくそういった経験がないのは驚きだった。

まあ、しかし――

バルトルトは、エーレンフリートの不機嫌そうな顔を見上げて肩をすくめた。

まさか、この年になって男女のあれやこれやを最初から教える羽目になるとは、想像もしなかったことである。

だが、これも仕方がない。

今度こそは皇帝にきっちり皇妃を捕まえておいてもらわなければ、グラファーテ帝国の未来にかかわるからだ。

「とはいってもなあ……雰囲気、雰囲気ねぇ……」

一方のバルトルトはといえば、まぁそこそこ遊んでいる方ではある。だが、それもいわゆる娼館だとか、遊び慣れたどこぞのご夫人などがお相手だ。

当然、一から雰囲気づくりをしたりする必要などなく、お互い目と目で会話をして、あとは――といった調子なのである。つまり、初心な女性相手のあれこれでは役立たずというわけだ。

こうして、皇帝とその側近は二人そろって「うーん」と唸ったまま、しばし何の実りもない時間を過ごしたのであった。

「ま、それはそれとしてですよ」

あまりにも実りのない時間を過ごすことに飽きたのか、バルトルトは早々に来客用のソファに陣取ると行儀悪く足を組んだ。皇帝の執務室だけあって、広くて大きなソファは座り心地がいいのだ。来客の予定がない時には、バルトルトは書類の山をここに運んで仕事をしたいと常々思っている。側近なので当然執務室に自分の机もあるのだが、今日はもう仕事をする気がなくなっていた。

机の上に積まれた書類については、見て見ぬふりを決め込むことにする。

エーレンフリートも、どうにも仕事が手につかない様子だ。そもそも休暇中であるので、そこは問題ではないのだが。一応、といった態で手にしていた書類をもとの山に戻すと、彼はバルトルトの正面に陣取った。

「昨夜はルイーゼさまは先におやすみになってしまわれたんでしょう？　なんだってそんな、一睡もしてません、みたいな顔をしてらっしゃるんです？」

エーレンフリートが腰を下ろしたタイミングで、バルトルトは気になっていたことを聞いてみた。まさか、いくらなんでも、一晩中見張っていたとは言わないだろう。

その問いに、エーレンフリートが再び渋面になった。

「……その……一晩中、顔を見て——いや、見張っていた。寝たと見せかけて抜け出すかもしれないからな」

「おおっと、まさかのところを突いてくるとは、さすが陛下ですね……」

思わずソファからずり落ちそうになって、バルトルトが姿勢を正す。だが、エーレンフリートはそんな彼の反応には特段興味を示さず、何か他のことに気を取られているようだった。

「あと……その、あれはなんなんだ……」

「あれ？」

「その……ルイーゼは、なんというか……柔らかすぎないか……？」

吹き出さなかっただけでも褒めてほしい、とバルトルトは本気でそう思った。だから、変な表情になってしまったことには目をつぶってほしい。

柔らかすぎる、ときたか——とバルトルトは必死になって笑いをこらえているのだが、エーレンフリートは真剣だ。真剣な表情で、自分の手を見つめている。

それもそうだよな、とバルトルトはなんとか笑いを収めて同じように真面目な表情を取り繕った。なんといってもエーレンフリートは童貞なのだ。

当たり前に、女性の身体に触れる機会などなかったはずである。そこで、バルトルトは閨事の先輩らしくエーレンフリートに教えてやることにした。

まあ、なんでも自分より優秀にソツなくこなすエーレンフリートに勝てる部分があったことで、ちょっぴり優越感に浸ってもいたのだが。

「いいですか、陛下。女性の身体というものは、当然男性のものとは全く違います」

「それくらいは、見ればわかる」

むっすりとした顔で答えたエーレンフリートの前に手のひらを突き出して、バルトルトは「まあまあ」と宥めた。

「陛下は鍛錬なさっておいでですから、余計に驚かれたかもしれませんが……女性というのは、柔らかいのが普通なんです」

「あんなにか!?」

「そうです」

言いながら、バルトルトは自分が初めて女体に触れた時のことを思い出した。あれはいくつの時だったか。ふにゅ、と指が沈む感触に、いたく感動したことだけは覚えている。そういえば、ここのところ、皇帝の結婚準備に駆り出されていたおかげで随分とご無沙汰だ。

そこまで考えてから、んん、とバルトルトは首を傾げた。

「……あの、陛下？　つかぬことをお伺いしますが……いったいどこを……その、柔らかいと……？」

問いかけられたエーレンフリートの顔が、何を思い出したのか、真っ赤になった。あ、これは、とバルトルトは理解する。

だが、そんなバルトルトの（ちょっと下世話な）想像とは裏腹に、童貞の皇帝はピュアであった。

「全体的に、だ」

「全体的」

全く同じ言葉をオウムのように繰り返して、バルトルトはまじまじと目の前の二十八歳を見つめた。

これは、もしかしなくても自分の手に負えない問題なのかもしれない。長きにわたり皇帝の側近を務め、あらゆる無理難題に対応してきたつもりの彼だが、少し自信を喪失しつつあった。

だが、そんなバルトルトの心情などまったく気付かぬ様子で、エーレンフリートは続ける。

「その、寝台に運んでやったのだが……その時も妙にくにゃくにゃしていた。それで、触れていると、どきどきとして不安なのに妙な安心感もある。あれはなんだ……？　こう……腕の中にあると……安らぎと同時にもっと触りたいというか……身体が妙に熱くもなるし……」

――陛下、それは多分あれです、健全な男なら誰でも持っている性欲というやつの現れです。

最後にはぶつぶつと独り言のように呟きだしたエーレンフリートにそう突っ込みたかったが、バルトルトは黙っていることを選んだ。

それにしても羨ましいような悲しいような、そんな話である。実際に見たルイーゼは、肖像画の二割増し美人であったし、スタイルもいい。あの身体を一晩ただ文字通りの意味で抱いていただけで他に何もできず、顔を見ているだけで済ませたとなれば、そりゃあ寝不足の酷い顔にもなる。心の底から深く同情したいと思う。

そこはさておいて、心配していたよりもずっと正常な反応を示しているようだから、もうあとは自分で頑張ってほしい。大丈夫、みんな通った道なのだから、エーレンフリートだって自力でやり遂げられるはず。優秀な皇帝陛下に万歳。そんなことより正直自分だってそろそろ本命としっぽりやりたい。

遠い目をしたバルトルトは、自身の結婚について真剣に考え始めていた。

◇

その話題のルイーゼが目を覚ましたのは、男二人が執務室で実りのない会話をしているのと同じ頃――昼を少し過ぎた頃のことであった。寝すぎたせいか、少し頭が痛い。

もぞもぞと起き上がると、ベッドサイドには水差しとグラスが置かれていて、はっとして目をやったテーブルセットの上は綺麗に片付けられている。

当然のことながら、振り返っても寝台の中にはエーレンフリートの姿はなく、少ししわの寄ったシーツに触れるとすでに冷たくなっていた。

随分と早くに目を覚まして出て行ったのだと思われる。情けなさに、思わずため息がもれた。

「ああ……やってしまったわ……」

さすがのルイーゼも、昨夜がいわゆる初夜だということは理解していた。というか、エーレンフリートがやってきた時にきちんと覚悟だって決めていたはずだ。

というのに、まさかの寝落ち。その挙句、寝坊までしてしまった。

――ど、どうしよう……さすがに陛下も呆れたわよね……

相互理解どころの話ではなかった。そもそも会話さえ成立していたかどうかすら怪しい。エーレンフリートはどうやら寡黙な性質らしく、ルイーゼが何を話しても返答は短かった。いや、女嫌いというからには、あれが女性全般に対する通常の態度なのだろうか。そもそも、緊張していたルイーゼは何を話したのかよく覚えていないので、返答に困っていた可能性もある。

そして――と再びそこに思考が戻って、ルイーゼは項垂れた。

寝落ちである。しかも、寝台に自分で入った記憶がないところをみると、エーレンフリートの手を煩わせてしまったことは明白だ。ルイーゼの気分は地の底まで沈んだ。

言い訳をさせてもらえるのなら、ルイーゼはかなり疲れていた。朝早くから城に移動して風呂に入れられ、花嫁衣裳を着せられ、それが終わったら大教会へ移動。

ほとんど夢見心地だった挙式では、エーレンフリートの行動に振り回され、再び城に戻れば戴冠式にお披露目、そしてとどめの宴席だ。

だから、仕方がなかったのだ——そう、思ってほしい。

「ああ、神さま……どうか、陛下がお怒りでありませんように……」

女性不信の女嫌い、だけどちょっぴり優しいエーレンフリートを怒らせていないかどうか。それが今のルイーゼの心配事だった。


寝坊したことを反省し、寝室から恐る恐る顔を出したルイーゼの着替えを手伝ってくれたのは、二人の女官である。ちなみに、女官というのは皇城に努める女性の総称で、ここにいる二人の役割は通常の侍女に相当する。

顔を合わせるのは、これが三回目だ。エーレンフリートとの婚約が決まり、顔合わせと称して城に上がった日が一回目。ただ、この日は結局エーレンフリートの都合で顔合わせは叶わず、女官長と皇妃付き女官二名を紹介されただけで終わった。

薄い茶色の髪の元気そうな少女がイングリット・ツェッテル。今年十五になったばかりで、子爵家の娘だという。そしてもう一人がベティーナ・シーラッハという少女で、こちらは赤茶色——詩的に言うなら紅茶色の髪、とでも言うべきだろうか。こちらは十七歳で、やはり子爵家の出だ。結婚する気はないらしく、できれば末永くよろしくお願いします、とにこやかに挨拶されたのを覚えている。なかなか豪胆なタイプらしい。

もう何名か専任で就くようだが、それを束ねるのがこの二人だという。

それからあわただしく時は流れ、結局それ以降、エーレンフリートとの顔合わせがセッティングされることもなく、気付けば婚姻式典の当日を迎えていた。その朝着替えを担当してくれた数多くの女官たちの中に、もちろん二人もいて、それが二回目。

皇妃付きに選出されるだけあって、二人とも優秀だ。当日はその場をきちんと仕切っててきぱきと物事を進めていた。

そして、三回目が今、というわけだ。

ルイーゼの瞳の色に合わせて用意させた、という薄紫の昼用ドレスはサイズもぴったりで、さすが皇城御用達のお針子はいい仕事をする。ところどころに繊細なレースがさりげなく施され、飾りボタンや縫い付けられたビーズも濃淡織り交ぜた銀である。

仕上げにイングリットがてきぱきと髪を結い上げてくれて、そこに紫水晶で花をかたどった髪留めをつけてくれた。

「まあ、皇妃陛下、本当によくお似合いですわ……！」

「ほんと、こちらも腕の振るい甲斐があります……っ」

その姿を見て、二人は頬を上気させ、目をきらきらさせながら賛辞を送ってくれる。正直なところ、これほど手放しに賞賛されると照れくさい。

「それにしても、こんなにたくさんのドレスや装飾品を準備していただいて、なんだか申し訳ないくらいね」

ルイーゼがそうため息をつくのも仕方のないことだろう。開け放たれた衣装室には煌びやかなドレスが所狭しと並び、装飾品が溢れ返るほどに収められている。

中には普段でも使えるようにという気遣いなのか、かわいらしいリボンが何本も収められた箱まであって、ルイーゼの頬を緩ませた。

「それは、陛下のご指示で」

衣装室の中で何やら作業していたベティーナが戻ってきて言う。イングリットがその言葉に大きく頷いた。

「ほら、準備期間が短くていらっしゃったでしょう？　無理を言っているのはこちらだから、せめて不自由しないよう全て整えてやってくれと、陛下から直接お言葉をいただいたのです」

「まあ、陛下が……？」

意外な事実に、ルイーゼの心臓がどきりと跳ねる。まさかそのように気遣いをしてもらえるなどとは考えてもみなかった。

「直接お顔を合わせる時間が取れなかったことを気にしてらしたんでしょうね。実際に顔を合わせたわたくしたちに、似合うものを準備してほしいと仰せで」

「わたくしたち、それで張り切って用意させていただいたのです」

ね、と二人が目を見合わせて笑う。つられてルイーゼも、にっこりと微笑んだ。

——やっぱり、お優しい方なんだわ。いろいろと気を配っていただいて……

心が暖（あたた）かくなると同時に、皇妃としての自覚を促（うなが）されているように感じて、ルイーゼは背筋を伸ばした。

——そう、まずはきちんと皇妃としての責務を果たして、信頼してもらわなきゃ。すべてはそれからよ！

比べても仕方がないが、前の皇妃アドリーヌは未成年であったため、皇族としての責務はほぼ免除されていた。だが、ルイーゼはれっきとした二十歳。とっくに成人を迎えている。

皇妃としての仕事をきっちりとこなすところを見てもらえば、多少はエーレンフリートに対して好印象を与えられるだろう。

それに、これからエーレンフリートとは、皇帝と皇妃としてだけでなく、夫婦としても生きていかなければならないのだ。ルイーゼだって結婚したからには円満な夫婦関係を築きたい。

そのために必要なのは、お互いを理解することだ。ルイーゼの姿勢は、一夜明けた今でも根本的に変わっていない。いないのだが、少しだけ方針の転換がある。

寝落ちしてしまった昨日だけれど、ルイーゼには二つ収穫があった。エーレンフリートが嘘を嫌うこと。そして、想像よりもずっと優しい人物であること。

こうやって少しずつお互いを知っていけば、きっと信頼を勝ち取れるだろう。

——そう、子作りだって、それからでも遅くないわ。その方がきっといい。焦らない方がいいわ。

そう決心して、ルイーゼは心の中で握りこぶしを作ると、二人に尋ねた。

「それで、私は……えーっと、わたくしの今日の予定は？」

「え、ご予定ですか？　ございませんけども……」

　気合いを入れたルイーゼに対し、戸惑ったようにそう告げたのはベティーナだ。あら、と首を傾げたルイーゼに、イングリットが笑って言う。

「皇妃陛下、今日は――というか、一週間ほど公務はございません。もちろん、皇帝陛下も。昨日ご結婚なさったばかりなのですよ？」

「あ、そ……そうよね」

　気合が空回りしてしまい、ルイーゼは苦笑をもらした。そういえば、式の前の打ち合わせでも、そう話を聞いていた気がする。

　気落ちしたのが顔に出てしまったのか、イングリットがルイーゼを励ますように明るい声を出した。

「皇帝陛下からは、今日は皇妃陛下にゆっくりお過ごしいただくように言伝をいただきました。まだ皇城には不慣れでいらっしゃるだろうから、と」

　その言葉に、ベティーナも笑顔で大きく頷く。二人の様子に、ルイーゼも自然と笑みが唇に浮かんだ。

「陛下が……？　そう……」

　ほら、とまた胸の中がじんわりと暖かくなる。もしかすると、エーレンフリートと打ち解けるのは、それほど難しいことではないのかもしれない。

　希望が見えてきたように思えて、ルイーゼはほっと息を吐き出した。

だが、実際問題として、することがないというのは地味に間が持たない。ルイーゼが手持ち無沙汰なのを察したベティーナは、こう提案した。

「皇妃陛下にお仕えする者たちをご紹介してもよろしいでしょうか。部屋の外で護衛の任などにあたっております近衛隊の騎士も、顔を覚えていただければ」

「ああ……そうね、そうしましょう。ありがとう、ベティーナ」

にこりとルイーゼが微笑むと、二人はなぜか頬を染めて頷いた。

ちょっと不思議に思ったが、ルイーゼが何か言うよりも早く、扉に向かったベティーナが外で警護にあたっていた騎士たちを入室させる。

「こちらがアロイス・ベルツさま。近衛隊の隊長を務めていらっしゃいます。もう御一方がウルリヒ・キルシュさま。交代制ではありますが、しばらくはお二人のうちどちらかは必ずおります」

ベティーナの紹介を受けて、近衛隊の制服を着た騎士が二人、ルイーゼに向かって敬礼した。濃い茶色の髪をしているのがアロイスで、やや薄い茶色の髪を伸ばして後ろで結んでいるのがウルリヒだ。

どちらも三十代の後半くらいで、筋骨隆々でいかめしい顔をした騎士である。

「そう、ありがとう。ベルツさま、キルシュさま、どうぞよろしくお願いいたしますね」

「はっ」

ルイーゼの言葉に、背中に剣を刺しているのかと思うほど真っ直ぐに背筋をピンと伸ばし、二人が声を揃えて返答する。

「我々のようなむさくるしい者で申し訳ございませんが、誠心誠意努めさせていただきます」

「まあ」

ウルリヒの言葉に、ルイーゼは思わず笑みをこぼした。確かに近衛隊の騎士と言えば、世の令嬢の憧れ、実力もさることながら外見も重視されると聞く。

半分引きこもりのような生活を送っていたルイーゼは実際に近くで見たことはなかったが、遠目に見た限りでは噂は本当のようだと思っていた。だが、こうして目の前で見る二人は、確かに外見を重視するという割にはちょっといかめしすぎるような気もする。

だがまあ、近衛隊と言えば皇帝を、そして今は新人皇妃をも守るための騎士隊だ。やはり実力が物を言うのだろう。

「お二人とも実力を買われて近衛隊にいらっしゃるのでしょう？　ベルツさまは隊長と伺いましたもの。そうだわ、今度訓練なさっているところを拝見してもよろしいかしら。他のみなさまにもご挨拶したいわ」

「は、そ、それが……」

返答に詰まったウルリヒを、アロイスが肘で小突く。ルイーゼとしては、これからお世話になるのだから、と軽い気持ちでした提案だったが、小さな呻き声をあげたウルリヒに構わず、アロイスが首を振った。

「申し訳ございませんが、そちらは陛下……皇帝陛下の許可をいただいてからお願いいたします。我々としては歓迎したいのですが……」

「あ……そうよね、危ないでしょうし……」

ウルリヒの何か言いたげな視線は気になったが、ルイーゼはそれもそうか、と納得してその場は引き下がった。確かに、皇妃に怪我などさせたら近衛隊(このえたい)の責任問題になってしまう。しかもそれが皇妃の提案で勝手に行われた見学の時に起きたら——

——危ない、いきなり失敗してしまうところだったわ。

なかなかどうして、皇妃稼業は難しいようだ。おっとりとした笑みを浮かべながらも、ルイーゼは内心焦りを感じていた。

とはいえ、新婚休暇と言われてしまえば、当然その日は他にすることなどない。その後の時間は、のんびりとお茶をいただいたり、城内についてイングリットから解説と案内を受けたりして過ごした。

皇城の中は広くてとても一日で回れるような場所ではない。とりあえず、一週間は出ることがないであろう私的スペースだけを案内された。

皇帝夫妻の住む場所は、城の一番奥深くにある。それ以外の皇族は、もう少し表向きに近いところだが、今は誰もいない。

エーレンフリートは前皇帝夫妻のたった一人の息子であった。母である皇太后ディートリンデはいまだ健在であるが、夫亡きあとは静養と称して直轄地のひとつであるフォーレスト領の別邸に暮らしている。

前皇帝の弟であるアダルブレヒトは兄の即位にあたってアルホフ公爵の位をいただき、臣下に下っている。今は妻子とともに帝都にあるタウンハウスで生活をしており、まだ若い皇帝であったエーレンフリートの補佐をしたのち、今は相談役という名目上の役職についていた。

かなり優秀な人物で、前皇帝が亡くなった時には次の皇帝に彼を推す声もあったそうだ。だが、本人が「すでに臣籍に下った身である」とそれを断り、成人したばかりのエーレンフリートの即位に尽力したという話は有名である。

そのアダルブレヒトだが、イングリットの話によると、造園に非常に興味のある人物だったらしい。皇族専用の庭は、そのアダルブレヒトが設計し、造らせたものなのだそうだ。

その庭に案内されて、ルイーゼは感嘆の息をもらした。

咲き乱れる花と、美しく配置された木々。さほど広いものではないが、テーブルをセットしてお茶の時間を楽しむには丁度いいだろう。

――ここでなら、陛下ももう少し打ち解けて話をしてくださるかしら。

愛らしい小さな赤い花が揺れるのを眺めながら、そんなことを思ったりもする。

「素晴らしいお庭ね……」

「この時期もいいですけれど、社交シーズンはもっと素晴らしいですよ」

「まあ、そうなの？　楽しみだわ……」

家族や特に親しい友人などは、招いてお茶会などを開いてもいいらしい。そう説明を受けて、ルイーゼは笑顔になる。

イングリットは、今でも造園への情熱を失っていないらしいアダルブレヒトが、領地の屋敷でも、タウンハウスでも、やはり素晴らしい庭を造っているのだということも教えてくれた。

「まあ、そうなの……？　残念だけど、アルホフ公爵閣下のお屋敷には伺ったことがないのよ。何度か父や弟はお誘いいただいていたようだけれど……」

「それは残念でしたね……ここよりもかなり広く造っていらっしゃるとかで、見応えもあるとお聞きしましたよ。わたくしも行ったことはありませんが」

イングリットはそう言うと、少し肩をすくめた。あら、残念ね、とルイーゼも笑って肩をすくめる。

もともとルイーゼはそれほど人見知りする性質ではないが、イングリットは態度が柔らかくて話がしやすい。楽しくなって、ついつい口数も多くなる。

「確か、閣下にはお子さまが四人いらっしゃるのよね」

「そうですね、ご長男は領地のほうにいらっしゃるそうですから、今帝都にいらっしゃるのは残るお三方ですね」

「そうそう、二番目だったか三番目だったか……どちらかがアルフォンスと同じ年だそうなのよ。――あ、アルフォンスは弟なのだけど」

「ルイーゼさまの弟ぎみと、ということでしたら、二番目のヴェルナーさまでしょうか……。まだご結婚されていなかったと記憶しています」

話は弾んで、アダルブレヒトの息子たちまでが話題に上る。名前を聞かされて、ルイーゼは「ああ」と小さく頷いた。そうだった、アルホフ公爵家の次男、ヴェルナーの話はアルフォンスから聞いたことがある。

「そうそう、優秀な方だと聞いたことがあったわ。何度か我が家にもいらしてくださったようなのだけど……残念ながら、お顔を合わせたことはないのよ」

「なんでも、すごい美男子でいらっしゃるとか。皇帝陛下の従兄弟にあたられる方ですから、納得ですよね」

「まあ、ぜひお会いしておきたかったわ」

そうルイーゼが冗談交じりに口にしたところで、庭の繁みの向こうで「んっ」と短く息を詰めるような声が聞こえた。

「ちょ、陛下……！」

そこへ続けて聞こえてきたのは、どこか焦ったような男の声だ。ルイーゼとイングリットは顔を見合わせた。護衛の為に着いて来ていたアロイスも緊張した面持ちで剣の柄に手を置いていたが「陛下」と呼ぶ声に目を瞬かせる。

「……あの、陛下？　いらっしゃるのですか……？」

恐る恐るルイーゼがそう声をかけると、しばらくして繁みの向こうから姿を現したのは、なぜか眉間にしわを寄せたエーレンフリートと、側近のバルトルトだった。

慌てた様子で、イングリットとアロイスがそれぞれに礼を取る。それに小さく手をあげて応えると、エーレンフリートはルイーゼに鋭い眼光を向けた。一瞬、何か怒っているのかと身構えたルイーゼだったが、彼の口から出たのは叱責ではなかった。

「――部屋に戻るところだった。城の中を見て回っていたのか？」

「ええ、イングリットが案内をしてくれていまして。素敵なお庭ですね」

ん、と短く頷（うなず）いて、エーレンフリートの視線が庭を一巡する。その視線を一緒に追って、ルイーゼも改めて庭の様子を眺めた。

どちらかというと、造（つく）りは女性的だな、と思う。庭を囲むように幹の細い木が植えられ、愛らしい小さな花の数が多い。加えて小さな噴水と、それに水を引き込むための小川が流れていて、その周辺には人の背の高さほどの繁（しげ）みがある。夏にあの小川の近くにテーブルを出してもらってお茶をするのは、きっと涼しげでいいだろう。ちょうど繁（しげ）みが影を作るから、落ち着いて楽しめそうだ。

今の時期なら――と考え始めたところで、エーレンフリートが声を発した。

「叔父上の屋敷へ行きたいか？」

「え……？」

ぼんやりと考え事をしてしまっていたルイーゼは、エーレンフリートの言葉に目を瞬（またた）かせた。しばらくしてから、そういえばこの庭がアルホフ公爵、つまりエーレンフリートにとっては叔父にあたる人物の設計であったことを思い出す。

――もしかして、気を遣ってくださっているのかしら。

やはり、本来は優しい方なのだな、とルイーゼの心がじんわりと暖（あたた）かくなる。まだ城に上がって一日目、いや二日目だが、エーレンフリートなりに気にかけてくれているのだろう。

自然とほころんだ表情を見て、エーレンフリートもその視線を少し和（やわ）らげてくれたような気がする。

「そうですね、素敵な庭園がおありだとか……いつかは」

「俺と一緒に行くのなら、許可してもいい」

やはり口調はそっけないが、こちらの意を汲んでくれようとしているのだ。そう理解したルイーゼは、嬉しくなって「はい」と微笑んだ。

◇

部屋に戻るのなら自分も、というルイーゼに、「バルトルトと話がある」と断りを入れたエーレンフリートは、そこで彼女と別れて少し急ぎ足でその場を後にした。

「聞いたか、バルトルト」

「ルイーゼさまが興味をお持ちなのは庭園だと思いますけどね。その前の話を聞いていたでしょう？」

軽く答えたバルトルトをじろりと睨むと、足を止めたエーレンフリートは大きなため息をついた。うっかりそれを追い越したバルトルトも、その場で足を止めてエーレンフリートを振り返る。

すると皇帝は、大きく首を振りながら呟いた。

「聞いただろう？　やっぱり女は信用ならん、もう他の男を物色するつもりだぞ。昨日の今日で」

「庭園、ですってば……」

呆れたようなバルトルトの声には応えず、エーレンフリートは「ち」と舌打ちをすると再び足早に歩き始める。バルトルトがため息をつきながら、背後から追いかけてきた。

「とにかく、もう少しルイーゼさまを信頼なさったらいかがですか」

どっかりとソファに腰を下ろすと、バルトルトはその様子に肩をすくめてそう述べた。むっと唇を尖らせたエーレンフリートを一瞥すると、そのまま一礼して部屋を出て行った。おそらく、残りの仕事を片付けに執務室に戻ったのだろう。エーレンフリートの方はこれでも一応新婚休暇中であるので、よほど緊急で重要な案件以外は手元に来ない。そのように事前に調整もしてある。

だが、側近であるバルトルトの権限で進められるものについてはその限りではなく、本人曰く、「これでも忙しいんです、本当は」とのことだった。実際、エーレンフリートが朝見ていた書類も大したものではなく、彼の決裁済みのものの確認だけである。

「信頼、か……」

バルトルトが出て行った扉を睨みつけながら、エーレンフリートは唸った。

これまでエーレンフリートにとって身近な女性といえば、母と乳母——そしてアドリーヌだけであった。

皇族の常として、エーレンフリートは母とともに過ごした記憶はほとんどない。エーレンフリートの世話をしてくれたのはバルトルトの母でもある乳母で、その乳母も乳離れと同時に役目を終えるとすぐに家に戻されている。残ったのはバルトルトだけだった。

十二になるまでは厳しい家庭教師の下で勉学に励み、それ以降十六になるまで騎士団に放り込まれていたエーレンフリートが、次に出会った身近な女性がアドリーヌだ。

とはいえ、十八になっていたエーレンフリートにとって、八歳の女性、いや少女は意味不明な生き物でしかなかった。たった八歳で親元を――いや、生まれ育った国から離されたアドリーヌは、毎日のように泣き暮らしていたもので。

アドリーヌを迎えてからのエーレンフリートの毎日は、忙しい政務の合間に泣いている彼女を慰める、そんな日々であった。同じく肉親の情に飢えていた者同士だからだろうか、次第に心を開き始めたアドリーヌを、エーレンフリートが妹のように思い始めるまではそう時間はかからなかった。

彼女が十二で初潮を迎えるまでは、同じ寝台で寝ていたこともある。

そんな二人の関係がいつからおかしくなっていたのか、エーレンフリートにはわからない。ただ、気付けばかわいい妹であったはずのアドリーヌは、女の顔をして他の男の手を取った。

「……できるわけがない」

ぽつん、と一言呟いて、エーレンフリートは上着を投げ捨てると寝台に転がった。

いくら妹のように、とはいっても、エーレンフリートとアドリーヌの関係は夫婦だった。自分が貞節を守ったように、彼女も貞節を守るのが当然だと思っていたのだ。

お互い望んだ縁談でなかったにしても。

そして、それはルイーゼも同じだ。

聞けば、どうやら彼女は婚約者に婚約を解消され、それからは縁談があっても断っていたのだと いう。議会の決定でなければ、きっと自分の元に来ることもなかったはずだ。

――もしかすると、身分違いの恋人……いや、想い人がいたのかもしれないな。

ふと頭に浮かんだ考えに、エーレンフリートは苦笑した。

たとえそうであっても、既にルイーゼは皇妃だ。信頼できるかどうかではなく、逃げられないようにしてしまわなければ。

「幸い、今回はお互い成人の身だからな……」

前回と同じ轍を踏まぬよう、近衛隊はなるべく既婚者を揃えておいた。一応、他国に対する見栄えも重要なので、全員とまではいかないが。

シャルルはアドリーヌが国元から連れてきたこともあり、常に側にいることを許していた。だが、今回はすべて交代制にしたうえ、用件のない限りは部屋の外で待機するように命じてある。

これで、彼女の身近にはエーレンフリート以外の男が入り込む余地はない。

自分の許可なく他所へ出かけることは許さないし、目を離すつもりもない。そうしてきっちり囲い込んでおかなければ。

なぜそこまでするのか、と言われれば、エーレンフリートは胸を張って答えるだろう。

「同じ過ちを繰り返さないため」と。

脳裏にバルトルトの呆れたような表情が浮かんだが、エーレンフリートは頭を振ってその面影を追い出した。

自分でも、もやもやとした気持ちがくすぶっていることには気付いている。だが、それがなんなのかエーレンフリートには判然としなかった。

夕食の席にバルトルトを招待したのは、さすがに二人きりでは間が持たないと判断したからだ。

おそらくまだ執務室にいるだろう、とあたりをつけて自（みずか）ら出向けば、想像通り、バルトルトはソファにだらしなく片足を載せて半分寝転んだような体勢で書類とにらめっこしていた。主である皇帝にその姿を見つかったというのに、「一度やってみたかったんですよ」などと笑っているのだからふざけた男である。

「ええ……それは無粋（ぶすい）ってやつじゃないですか……？」

エーレンフリートが夕食に誘うとバルトルトはそう言ったが、やはりルイーゼの様子が気になるのだろう。貸しですよ、とにやにや笑いながら承諾してくれた。

エーレンフリートの期待通り、彼は一人で三人分は優に喋ってくれたと思う。ただ、バルトルトが何か言うたびに楽しそうに笑うルイーゼの姿に、エーレンフリートのもやもやはおさまるどころか膨（ふく）れ上がる始末だった。

「まあ、そんなことが？」

「ええ、私と陛下は乳兄弟（ちきょうだい）で——騎士団にも一緒に放り込まれました。そこで……」

バルトルトの話を聞いて、くすくすとルイーゼが笑う。決して大きな声ではないのだが、エーレンフリートの耳にその笑い声ははっきりと聞こえた。それは不快な音ではない。

それどころか、もっと聴いていたいとさえ思ってしまう。

——なんというか、不思議な女だ。

二十、という年相応なのかはわからないが、無邪気かと思えば落ち着いている。家にこもってばかりいたと聞いているが、だからといって社交的でないわけではないようだ。
こうしてほぼ初対面のバルトルトとも会話を楽しめているのがいい証拠だろう。

そういえば、初夜の際にも何か随分喋っていたような気がする。お喋り好きなのかもしれない。もう少しちゃんと聞いていてやればよかっただろうか。

二人の会話を聞きながら、エーレンフリートは淡々と食事を進めた。さりげなさを装って聞き耳ばかりを立てていたせいで、気付いた時にはデザートが目の前に置いてある始末だ。一応客人を招いての席、という形になるので、料理長が気を利かせて用意したのだろう。

あまり甘いものは得意ではないが、正面に座ったルイーゼが目を輝かせてスプーンを入れるのにつられるようにして、エーレンフリートも口をつけた。

「ん、おいしい……」

その声にルイーゼの顔を見ると、よほどお気に召したのか、うっとりとした表情をしている。

エーレンフリートの視線が、その口元に――正確には、その唇に吸い寄せられた。

ほんのりと薄紅色をした唇が、幸せそうに弧を描いている。ぷるぷるとして柔らかそうな――いや、柔らかいそこを、ほんの少し出た赤い舌がそっと辿った。

どくん、と心臓が大きな音を立てる。

その唇が、その舌先が甘いことを、エーレンフリートは知っていた。

――もう一度……

ルイーゼの動作を追うように、自らの唇を舌先で探る。思ったよりも乾いていたそこに、少しだけ潤いが戻った。

なんとなく、ほ、と息をつく。

そうしてまたじっとりとルイーゼの唇を見つめるエーレンフリートを、バルトルトが呆れた顔で見て、それから眉間を押さえて小さく首を振った。


自室に戻ったエーレンフリートは、湯浴みもそこそこに隣室につながる扉をじっと見つめていた。あの扉の先には、昨夜と同じようにルイーゼが来るはずである。

ふう、と息をつきだすと、エーレンフリートは扉から目を離さぬまま、手にしたグラスの水を一気に飲み干した。

「もう少し、もう少ししてから……」

おそらくルイーゼが実際に寝室に来るのはもう少し先だろう。なんとなく気が急いて、水を浴びただけで出てきてしまったが、こうして時間を持て余すことになるのならゆっくりしてきた方がよかったかもしれない。

――何をしているんだ、俺は……

バルトルトとの実りのない会話では結局何もわからなかったが、そもそもルイーゼだって寝室で何が行われるかはわかっているはずだ。それをするだけでいいのだから、もう部屋に入ったら即寝台に直行。それで充分なはずだ。

おそらくバルトルトが今のエーレンフリートの頭の中身を覗けたならば、「馬鹿か……」と言いながら頭を抱えて座り込んだだろう。だが、残念なことにこの場に彼はいないし、いたとしても頭の中身まではわからない。

誰も止めるものもいないまま、エーレンフリートは水差しを手に取り四杯目になる水を飲み干す。そして勢いよく立ち上がり、扉に手をかけた。

——よし！

謎の気合を入れて扉を開くと、その先でふんわりとした甘い香りが鼻腔をくすぐったような気がした。細めた視線の先では、扉の音に気が付いたのか、昨日と同じようにソファに腰かけていたルイーゼが振り返って立ち上がり、穏やかな笑みを浮かべる。

「陛下」

「あ……待たせたか」

そう尋ねると、ルイーゼは軽く首を振った。気のせいでなければ、彼女が身動きするたびに辺りにその甘い香りが漂うような気がする。

それに誘われるようにして、エーレンフリートはふらふらと彼女に近寄ると、ぽすん、とソファに腰を下ろした。

テーブルの上には昨夜と同じように、酒の瓶と酒肴が用意されている。今朝がたエーレンフリートが言った一言を女官が覚えていたのか、それらに加え、果実水の瓶もあるようだ。

タイミングをはかり損ねてルイーゼをしばらく待たせていたようで、テーブルの上のグラスにはその果実水を注いだグラスが置かれ、半分ほどその量を減らしていた。

ぼんやりとそれを見ている間に、ルイーゼが手際よく新しいグラスを準備してくれる。

「陛下、昨日と同じものでよろしいですか？」

「あ、ああ……」

この香りはなんだろう。エーレンフリートはルイーゼの問いに反射的に頷きながら、すん、とその匂いを吸い込んだ。

――甘い匂いだ。

どこかで嗅いだことがあるような気がして、記憶を掘り起こす。だが、花の香りのようにも、甘い菓子の匂いのようにも思えるその香りは、エーレンフリートの記憶のどこからも出てこなかった。

ただ、それほど得意ではない甘い菓子に似ていると気付いても、不快には感じない。

それどころか、とエーレンフリートは不思議な気分でルイーゼの後ろ姿を眺めた。湿った髪をゆるく編んで、それを前に流しているルイーゼの細い首筋から、それは強く香っているような気がする。それを――もっと、近くで嗅いでみたい。

衝動に突き動かされるようにして、エーレンフリートはその後ろ姿に手を伸ばした。

細い腕を掴み、強引に引き寄せると、ルイーゼが「ひゃ」と小さな驚きの声をあげる。見開かれた紫色の瞳が一瞬エーレンフリートを映して、そして彼の視界から消えた。エーレンフリートがその頭を胸に抱え込んだからだ。

すん、と鼻を鳴らすと、やはり匂いはルイーゼの首筋からほんのりと立ち上っていた。

「あ、へ、陛下……？」

「匂いが……」

首筋に顔を埋めて、エーレンフリートは無遠慮にその香りを吸い込んだ。胸元でルイーゼがひゅっと息を呑む声が聞こえたがお構いなしだ。

——頭がくらくらする……

ふ、と息をつくと、腕の中のルイーゼの身体がびくんと跳ねた。くすぐったいのか、少し身を捩ったその姿は、その腕の中から抜け出そうともがいているようにも見える。

それが妙に腹立たしくて、エーレンフリートは腕の力を強めると、もう一度その首元に顔を埋めて、そこへ唇を当てて吸い付いた。

「ん……っ!?」

くぐもった驚きの声が、ルイーゼの唇から洩れる。その戸惑いに反して、エーレンフリートはだんだん楽しい気分になってきていた。

思えば、昨日初めて顔を合わせた時から、ルイーゼには頭の中を引っ掻きまわされっぱなしなのだ。それがなんなのかはわからないが、そのルイーゼを今度は自分が翻弄しているのだと思うと気持ちが高揚してくる。

ふわ、と香る甘い匂いが、だんだん濃くなっていく。実際はどうだか知らないが、少なくともエーレンフリートにはそう感じられた。

——ああ、この匂い、頭がしびれるようだ。

もっと、という己の欲求に忠実に、エーレンフリートはルイーゼの手を引いて、寝台の方へ足を向けた。

「こっちへ」

「え、ちょ……っ」

わ、と小さな声をあげたルイーゼを寝台の上に座らせると、エーレンフリートはその背後から彼女の身体を抱え込む。そうすると、彼女の首筋がちょうどエーレンフリートの顔の位置に来た。甘い匂いのするそこへ鼻を擦(こす)り付ける。一段と濃く甘く香るそれは、どんな味がするのか。確かめたくなって、エーレンフリートは白い首筋をぺろりと舐(な)めた。

「ひゃ、やだ、陛下……!」

「ん、匂いだけじゃない……味まで甘い……」

もう一度、確かめるように首筋を舌で辿(たど)る。やはり甘い、とエーレンフリートは小さく呟いた。え、とルイーゼの戸惑うような声がしたような気がしたが、エーレンフリートはそれにかまってなどいられず、もう一度匂いを吸い込む。

——そうだ、ルイーゼは、唇も甘かった。

ぐらぐらと揺れる思考でそれを思い出してルイーゼの上半身を振り向かせ、頬に手を添える。ふに、とした感触は昨夜感じたようにやはり柔らかく、吸い付くような肌の感触が気持ちいい。

二、三度撫(な)でてその感触を楽しんだ後、エーレンフリートはおもむろにぷくりとした唇にかぶりついた。

腕の中のルイーゼの身体が強張り、んんっ、と小さな声がもれる。舌で舐めた唇はやはり甘く、エーレンフリートは夢中でそれを味わった。だが、足りない。もっと、と急かす何かの声にただ従って、彼女の唇の隙間から舌を押し込もうとする。

最初は抗っていたルイーゼだったが、息苦しさに耐えかねたタイミングで薄く開いてしまう。

「ん、あ……っ」

何かを言いかけた言葉ごと、エーレンフリートの舌が絡めとる。そのまま舌先がルイーゼの小さな舌に触れると、あの時感じたままの――いや、それよりもずっと甘い味がして眩暈がするようだ。

「ふ、ルイーゼ……」

「まっ、ん、ん……ッ」

息継ぎの合間に名前を呼ぶ。くぐもったルイーゼのもらす吐息交じりの言葉をもう一度唇で受け止めて、エーレンフリートは甘い口腔内を丹念に舐めまわした。

――どこもかしこも甘い、女というのはそういうものなのか……？

くらくらする。甘い匂いと味と、そして腕の中の柔らかい感触に、身体の熱が上がるのがわかる。ん、ん、ともらすルイーゼの声がそれをより煽り立てて、エーレンフリートは苦しそうなその声に構うことなくより深く舌を差し入れると、彼女の唾液を啜りあげた。

「甘い……」

ごくん、と飲み込んだことに驚いたのだろう。ルイーゼの紫の瞳が見開かれ、エーレンフリートを凝視している。

その表情を最後に、エーレンフリートの記憶は途切れた。

◇

「へ、陛下、陛下……!?」

突然崩れ落ちたエーレンフリートに体重をかけてのしかかられたルイーゼは、必死になって「陛下」と何度も呼びかけた。あまりにも突然、糸が切れでもしたかのように倒れたので、まさか病気か、それとも——と真っ青になってしまう。

だが、その呼びかけられている当の本人から返ってきたのは、「ぐう」という呑気な寝息であった。

「え、ちょ、ちょっと……うそでしょ……?」

先程までの暴挙から一転、突然寝てしまったらしいエーレンフリートにルイーゼは困惑を隠せない。

しかも、寝ているくせにルイーゼをがっちりと抱え込んだ腕は全く緩まず、そこから抜け出すこともできないのだ。困り果てて身体をゆすったり、腕をぺちぺちと叩いたりしてみるが、エーレンフリートは余程深く眠っているのか、身じろぎ一つしなかった。

「なんなの……」

困惑に、ため息が一つ落ちる。

突然抱きしめられたかと思えば、訳のわからないことを言いながら首筋を舐められたり、婚姻式典の時のような深いキスをされたり。そしてあろうことか――ルイーゼの唾液を啜って飲み込んだり。

改めて思い返して、ルイーゼは顔が熱くなった。

あまりにも突然のことに翻弄されて、最中は何がなんだかわからなかったが、よくよく考えるとものすごいことをされていた、ということに思い至ったのだ。

――こういうのって、アレよね……

いわゆる、男女の秘め事、つまり子作りの一環なのだろう、ということは経験のないルイーゼにもわかった。だが、それを途中で放り出すようにして寝てしまった夫の話というのは、これまでに聞いたことがない。

思わず自分の身体を見下ろして、ルイーゼは首を振った。

――なんだか、わけがわからないわ……

今日こそは、エーレンフリートと話をしたかった。少しずつ距離を縮めようと思っていたのに。

「お疲れなのかしら……？」

だが、イングリットとベティーナによれば一週間は皇帝も公務はないはずである。いや、この半年、顔を合わせることも叶わなかった相手だ。もしかしたらやはり仕事が忙しいのかもしれない。

――そういうことにしておこう。

ふう、と唇から息がもれる。なんだかどっと疲れた。次第にうとうとと眠気が襲ってくる。

この時期、上掛けをかけなければ寒いはずだ。だが、ルイーゼをしっかり抱き込んだエーレンフリートの体温がいい具合に身体を温めてくれる。

もぞもぞと、どうにかちょうどいい場所に落ち着いたルイーゼは、ついでになんとか引き抜いて自由になった腕を動かすと、ふと自分の唇に指を滑らせた。

——そういえば、これで二回目になるのね……

婚姻式典での誓いのキスと、今夜と。エーレンフリートと唇を合わせたのはその二回だけだ。そのどちらも、エーレンフリートによる強引なものだったが。

だというのに、不思議とそれに嫌悪感はない。それどころか、心地良ささえ感じてしまった。

どうしてなのか——それを考えながら、ルイーゼはフワフワとした眠りに落ちていった。

◇

チ、チチ、チ……
ふ、と眠りから覚醒したエーレンフリートの耳に、鳥のさえずりが小さく聞こえてくる。

——朝……？

細く目を開けると、厚いカーテンの向こうがうっすらと明るくなっていて、エーレンフリートの推測が正しいことを知らせた。少しずつ意識が覚醒し始めると同時に、ひんやりとした朝の空気を感じて身体がふるりと震える。

――上掛けを被らずに寝たのか……

未だ半覚醒状態のエーレンフリートは、暖を求めてちょうど腕の中にある柔らかい何かをぎゅうっと抱き締めた。

――暖かいな……

抱き心地のいいその暖かな「何か」に顔を寄せ、ほうっと息をつく。

――それに、なんだか安心する……

その気持ちよさに、再びうとうととまどろみ始めたエーレンフリートだったが、次の瞬間ハッとして目を見開いた。

「なっ……!?」

目に飛び込んできたのは、薄暗い室内でもはっきりとわかる銀の髪。震える手でそっとその乱れた髪を避けると、その下からはあどけない寝顔が出てくる。

――ル、ルイーゼ……!?　な、なんだこの状況は……!?

驚きに思わず腕に力が入る。すると、安らかな寝顔を見せていたルイーゼの眉が寄り、唇がへの字を描いた。ん、と小さな抗議の声がして、なぜかもぞもぞとエーレンフリートの胸元に頬を寄せてくる。

息を呑んで見守っていたエーレンフリートの視線の先で、しばらくそうしてもぞもぞとしていたルイーゼだったが、どうやら再び落ち着く場所を決めたらしい。

へら、と気の抜けたような笑みを浮かべると、ほどなくすうすうと心地良さげな寝息をもらし始めた。

落ち着かないのはエーレンフリートの方である。

自分が触れていた――いや、ぎっちり抱きしめていた柔らかい「何か」の正体に気付いて、動揺してしまう。

一昨日（おととい）の夜でさえ、これほど密着はしなかった。寝台に運んだあとは、その横で一晩中、寝顔を見つめ――いや、見張っていた、だけだ。

手を離すことさえ忘れ、エーレンフリートはルイーゼの顔を見る。幸せそうな寝顔だ。一昨日（おととい）は疲れのせいか、こんな表情ではなかったような気がする。

それとも、とエーレンフリートは思った。

――俺の腕の中が気に入ったのか？

それを証明するかのように、腕の中のルイーゼはエーレンフリートの胸元に寄せた頬を擦（す）り付けてくる。

――うわ、なんだ、これは……なんだか、心臓が痛い……

急に心臓の鼓動が早くなり、痛いほどに強く脈打っている。ルイーゼが身じろぎするたびにふわっと甘い香りが漂（ただよ）い、その香りに誘われるようにしてエーレンフリートはルイーゼの髪に顔を埋（うず）めた。すう、と吸い込むと、その香りがより鮮明に鼻腔（びこう）に届く。

その途端、エーレンフリートの脳裏に昨夜の出来事が蘇（よみがえ）ってきた。

「わ……ッ、と……」

思わず大声をあげそうになって、無理矢理その声を呑み込む。そうっと顔をあげてルイーゼの様子を窺うが、目を覚ましてはいないようだ。

ほ、と一つ息をついて、エーレンフリートは空中を見上げた。

――俺は、一体何をやってるんだ……！

首筋を舐めたり、キスをしたりした。しかも、どちらもルイーゼに何も言わず、突然に。この甘い香りに誘われて。

――野獣か何かか、俺は……

がっくりと項垂れながらも、エーレンフリートの優秀な頭はきちんと働き、更なる記憶を呼び覚ます。ルイーゼの肌を、そしてその唇の甘さまでをも思い出してしまい、エーレンフリートの視線は無意識のうちに彼女の唇へと吸い寄せられた。

――女の唇というのは、あんなに甘いものなのか……

先程よりも少し緩んだその唇は、つやつやとした薄紅色をしている。自分のものとは違い、ぷっくりとしたそれに、エーレンフリートはゆっくりと指先で触れた。

少し押すと、柔らかく瑞々しい弾力が指先に伝わってくる。うわ、とエーレンフリートが小さく呟いた時、ルイーゼがその指先に吸い付いてきた。

「……っ」

ルイーゼの舌先が指をちろりと舐め、薄紅色の小さな唇がまとわりつく。まるで飴でも舐めているかのような動きで指を舐めしゃぶられて、エーレンフリートの体温が一気に上昇した。――それだけで、済めばよかったのだが。

「う、うそだろ……」

自分の身体に起きた異変に、エーレンフリートは絶望したい気分だった。

——た、勃(た)った……

寝起きにそうなるのは、まだ若い（つもりの）エーレンフリートにとってそう珍しいことではない。だが、これほど力が漲(みなぎ)っていることはない。

——眠ってる女に、指を吸われただけだろうが……！

くそ、と低く毒づいて、エーレンフリートはそれでもそうっと……そうっと、寝ているルイーゼを起こさないよう注意しながら寝台を這(は)い出して、浴室へと駆け込んだ。

「な、情けない……」

頭から冷たい水をたっぷりと浴びて昂(たか)ぶりを鎮(しず)めながら、エーレンフリートはぶんぶんと首を振ると、小さく一つくしゃみをした。

第三章　皇帝だって風邪はひく

グラファーテ帝国の秋は短い。

少し肌寒さを感じて、ルイーゼは手元の編み物を置くと、向かい側に座って同じように編み物に従事していたイングリットに声をかけた。

「イングリット、悪いけれどストールを持ってきてくれないかしら」

「かしこまりました」

こうして女官に何かを頼むのにもすっかり慣れた。クラッセン家にいた頃は、常に侍女が側についていることはなかったのでそれくらいは自分でしていたのだが、さすがに皇城ではそうはいかないらしい。

何をするにもイングリットかベティーナが常に側にいるのが当たり前なのである。

さすがにそれはどうなのか、と思ったが、一週間もそうした生活をしていると案外慣れるものである。くす、と笑って、ルイーゼはストールを手にして戻ったイングリットに「ありがとう」と微笑んだ。

そう、もう一週間である。

ルイーゼは窓の外に目を向けた。日が傾いて、あたりは少しずつ茜色に染まり始めている。窓の外に立ち並ぶ木々もゆっくりとその色を変えて、もうじき夕刻を迎えることを知らせているようだった。

今日もエーレンフリートは執務室に籠っているのだろう。皇帝夫妻に許された休暇は一週間あったはずなのに、結局彼とルイーゼが共に過ごす時間を持てるのは、夜だけだ。

――本当に、お仕事が忙しいのかしら。

さすがのルイーゼも、一日二日どころか一週間もそんな日が続けば疑いたくもなる。

もともと、エーレンフリートが女性不信の女嫌いというのは承知の上だ。だが、ルイーゼが歩み寄れば少しはエーレンフリートの態度も和らぐと期待していた。

実際、少しはその兆しも見えていたのだ。それなのに。

ルイーゼはもう一度窓の外を見る。秋の夕暮れは、あっという間だ。茜色が次第に紺色に侵食される、その二色が混じり合った空の色を見つめて、ルイーゼはふう、と小さなため息をもらした。

脳裏に浮かぶのは、エーレンフリートが寝落ちしてしまった日のことだ。

あの日、朝起きた時には既に寝台に彼の姿はなかった。上掛けの上に二人一緒に転がっていたはずなのに、ルイーゼが気付いた時にはその上掛けに一人で包まれていたのだ。ほんのりと暖かいそれが、エーレンフリートの残した体温だったのか、それとも自分の体温だったのかはよくわからない。

だが、今日も置き去りにされてしまった、という事実がルイーゼの気持ちを重くした。

「……陛下は？」

「その、執務室に……」

しばらくぼうっとしていたルイーゼの様子を見に来たのはベティーナであった。

ルイーゼの質問に答えるベティーナの声は、はきはきした性格に似合わず歯切れが悪い。若いとはいえ、皇城の女官だ。初夜も、そして昨夜も二人の間に何事も起こらなかったことを既に察しているのだろう。

そのうえ、新婚休暇中のはずの皇帝が、朝も早くから執務室に籠っているのだ。

のろのろと起き上がり身支度するルイーゼを手伝うベティーナの顔には、同情とも憤慨ともつかぬ、なんとも微妙な表情が浮かんでいた。

持て余した時間を消費するのに、編み物はうってつけの作業だ。もともと家で引きこもりに近い生活を送っていたルイーゼは、編み物ならなんでも得意だった。自分で意識しなくても、手が動きを覚えている。

どうせすることもないのだから、と心配そうなベティーナに頼んで編み物の道具を揃えてもらうと、ルイーゼは窓際に運んでもらった椅子に腰かけて、ひざ掛けを編むことにした。

もうじき冬がくる。寒さの厳しい時期だから、何枚あっても邪魔にならないだろう。

――陛下に差し上げたら、使ってくださるかしら。

グラファーテ帝国では、妻が夫の為にこういった防寒具の類を編んで贈るのは、わりと一般的な行為である。最もポピュラーなのがひざ掛けで、あとは襟巻だとか手袋、それから年を取ると腹巻なども候補に挙がるらしい。

話ができないのなら、せめて使うものでルイーゼの存在を感じてほしい。ほとんど苦肉の策だ。

――色は、何色がいいかしら。

自分の存在を誇張するように、白地に紫の模様を編み込んでやろうかしら。

それを見た時のエーレンフリートがどんな顔をするか想像して、ルイーゼは小さく噴き出した。

――きっと、婚姻式典の時のような仏頂面をなさるのじゃないかしら。それとも……

ちょっとは微笑んでくれたりするだろうか。あの、馬車の中でのように。

——だったらいいのに。

ベティーナが揃えてくれた毛糸の中でエーレンフリートに似合いそうな色を何色か選び出しながら、ルイーゼはもう一度あの微笑みが見たいな、と思い始めていた。

結局、ルイーゼは薄い茶色をメインに濃い茶と白で模様を編み込むことにした。薄い茶色はエーレンフリートの琥珀色の瞳をイメージして選んだものだ。

「あら、皇妃陛下……もしかして」

「わかる？」

選んだ毛糸を目にしたベティーナに言われて、ルイーゼは悪戯（いたずら）っぽく微笑んだ。

「陛下に差し上げようと思うのよ……どうかしら」

「もちろん、お喜びになると思いますわ」

ベティーナは自信ありげにそう断言した。それに力を得て、ルイーゼはわずかに感じていた不安を打ち消すとかぎ針を手に取る。

エーレンフリートは割と体格がいい。ひざ掛けも少し大きめに作った方がいいだろう。頭の中でざっくりとした大きさを計算しつつ、作り目をする。

その間、ベティーナはそわそわした様子でその手元を眺めていた。もしかして、と思い、ルイーゼはベティーナにこう提案してみる。

「そうだ、せっかくこんなに毛糸を用意してもらったのだから、ベティーナ、あなたも一緒にどう？」

「わたくし、編み物はしたことがないのですけど……教えてくださいますか？」

思った通り、興味があるようだ。にっこりと微笑むと、ルイーゼは彼女を座らせて毛糸を選ばせる。

「簡単なものにしましょうか……一色ずつモチーフを編んで、組み合わせて繋げましょう。私も同じようにするわ」

「はい」

三色ほど選ばせて、目の作り方から教え始める。思った通り器用なベティーナがゆっくりとだが一人で編めるようになるまで、さほど時間はかからなかった。

それを横目で見ながら、ルイーゼも自分の分に取り掛かる。

おそらく、一週間もあれば完成するだろう。新婚休暇中なので、公務もなく、またその期間に新妻を誘いにくる友人など普通はいない。ルイーゼは完全な暇人なのである。

――これが早く終わってしまったら、あとは何をしようかしら。公務のことは、おいおいやりながら覚えて、と言われてしまったし……

先日、夕食を共にしたバルトルトの言を思い出して、ひっそりと息をつく。

貴族年鑑でも見て、顔と名前でも一致させておくか。

一応これでも高位の貴族令嬢だったので面識がある人物がほとんどだが、やっておいた方が無難だろう。

ぼんやりと考え事をしながらでも、ルイーゼの手元は正確だ。あっという間にモチーフを一枚完成させ、次の一枚に取り掛かる。

その手元を、ベティーナが呆気にとられた表情で見ていた。

異変が起きたのは、その日の夜である。

「えっ……陛下が、熱を……？」

「ええ、まあ、ほんの微熱なんですけどもね。ま、一応大事を取って、今夜は自室の方で就寝していただきます」

そう伝えに来たのは、皇帝の側近であるバルトルトだ。ルイーゼは青くなった。

——やっぱり、昨日きちんと上掛けをかけて寝なかったから……？

それはルイーゼも同じはずなのだが、おそらくエーレンフリートが腕の中に囲ってくれていて暖かかったから無事だったのだろう。症状を聞くと、くしゃみと発熱だけだというので、それほど重くはないらしい。

すでに侍医による診察が済んで薬も飲んでいる、と聞いて、ルイーゼはほっと胸を撫でおろした。

それから、バルトルトにエーレンフリーの見舞いにいきたい旨を告げてみる。

「見舞い、ですか？」

「ええ。その……ご迷惑でなければ」

ルイーゼの申し出に、彼はふむ、と考え込む様子を見せた。

「もちろん、少しだけご様子を伺ったらすぐに戻りますから……」

「あー、いや、うん……うん、いいでしょう。なに、軽い風邪ですから、さほど心配するようなもんでもないんですけどね。一体何をしてたんだか……」

　バルトルトはそう言うと、肩をすくめて苦笑した。だが、その「何をしてた」の部分に心当たりのあるルイーゼは、口の端が引きつりそうになる。

　——何がなんでも抜け出して上掛けをかけてさしあげるべきだったんだわ。

　自分ばかりがぬくぬくと寝ていたと思うと、ルイーゼの良心はちくちくと痛んだ。

　実際には、エーレンフリートの風邪の原因は、寒くなり始めたばかりのこの時期に風呂で水をかぶったりしていたせいなのだが、こればかりは本人以外の誰もあずかり知らぬことである。

　こうして、ルイーゼは図らずもエーレンフリートの私室に足を踏み入れることになった。

　エーレンフリートの私室は、ルイーゼの与えられた部屋よりも一回りほど広い空間である。天井は高く、柱には繊細な彫刻が施されていて、一国の皇帝らしく華美な造りだ。

　だが、家具は好みで入れ替えられたのか、どちらかというとシンプルなものが多く、あまり派手なものは好みではないようだった。

　長椅子が置かれ、その脇にある小さなテーブルには、読みかけと思しき本が何冊か積まれている。

　それらを通り抜けた奥に、天蓋に覆われた寝台が鎮座していた。帳は降ろされておらず、そこにエーレンフリートが横になって目を閉じているのが見える。

「ほら、陛下。皇妃陛下がお見舞いに来てくれましたよ」

「む……」

　バルトルトの声に、エーレンフリートがうっすらと目を開けた。どうやら、うとうととしていたらしい。

「バルトルト……ルイー……ゼ……？」

誰がそこにいるのかを認識したのだろう。うっすらと開かれていた目をぱちぱちと瞬かせ、エーレンフリートが起き上がろうとする。

慌ててそれを止めたのはルイーゼだ。

「陛下、どうぞそのままで。少しお顔を拝見したらすぐに帰るつもりでしたから」

「……帰るのか？」

ぽろ、とこぼれた一言に驚いたのは、ルイーゼだけではなかった。言った本人であるエーレンフリートも目を見開いて、慌てて口元を押さえている。

その横で、バルトルトも口元を押さえ、肩を震わせていた。

「あ、いや、その……」

「その、いてもいい、と仰っていただけるのでしたら、差しさわりのない程度にいさせていただきたいのですが」

思ったよりも顔色が良さそうなことにほっとして、ルイーゼはうろたえたような顔をしたエーレンフリートに提案した。珍しく押しの強いルイーゼに気圧されたのか、エーレンフリートが頷く。

――せっかくだもの、少しくらいいいわよね、それに……

エーレンフリートの風邪の原因の半分くらいはルイーゼにも責任がある。ほんのりと顔が赤いように見えるのは、やはり熱があるからだろうか。こころなしか、琥珀色の瞳も潤んで見える。

先程はああ言ったものの、なるべく手短に済ませた方がいいだろう。

「あの、陛下……昨夜は」

「待て」

少し食い気味に、エーレンフリートがルイーゼの発言を制止した。そればかりか、どうやったのか、上体を腹筋だけで起こしてルイーゼの方に手のひらを突き出している。

――ええっ、そんなことが可能なの？

驚きに目を見開いたルイーゼの隣で、何がツボにハマったのか、とうとうバルトルトが大声で笑い始めた。

「ふは、へ、陛下、お邪魔でしたら、外に出てましょうか」

「うるさい、別に邪魔ではないがそこで大声で笑われていたらうるさいから出ていけ」

「はいはい……じゃ、ルイーゼさま……いえ、皇妃陛下、また後程」

ひらひらと手を振って出て行ったバルトルトを睨みつけていたエーレンフリートの視線が、そのままルイーゼに向けられる。威圧的な視線に内心怯んだが、それをルイーゼが態度に出すよりも先にエーレンフリートが口を開いた。

「昨夜は、悪かった。おそらく、その……少し寝不足で」

「へっ……？」

唐突な謝罪に、思わず気の抜けた声をあげてしまう。

――昨日？　寝不足で……？　え？

はっ、と昨夜あったいろいろなことがルイーゼの脳裏によみがえった。朝起きたら既に姿がなかったことに落胆して、それ以前のことをすっかり記憶の片隅に追いやっていたが、実際随分なことをされた、ように思う。

『甘い……』

そう囁いたエーレンフリートの掠れた声までもが記憶から呼び起こされる。一気に顔が熱くなり、ルイーゼはうろたえて、「あの」だの「えっと」だのとおろおろとした声をあげた。

「……どうした？」

「えっ、いえ、その……それは、あの……」

――なんて言えばいいのよ！　そもそも、それ、何に対しての謝罪なの？

エーレンフリートの昨夜の振る舞いについての謝罪なのか、いわゆる寝落ちに対する謝罪なのかがいまいち掴めない。そもそも、寝落ちしなかったらあの後どうなっていたのか――。そこまで考えて、ルイーゼの顔はますます赤くなった。

む、と眉をしかめたエーレンフリートの手が、ルイーゼの額に伸ばされる。少し暖かい手に急に触れられて、ルイーゼは息を呑んだ。

「……きみは、熱はないようだな」

「え？　ええ……いたって健康ですけれど……」

突然変わった話題についていけず、どきどきする胸を押さえてそう答える。

「いや、顔が赤いようだから……きみも、風邪をひいたかと……」

顔つきは相変わらず不機嫌そうなまま。だが、その声音には明らかにルイーゼを心配する響きが含まれている。

——やっぱり、本来はお優しい方なんだわ。

じんわりと、心の中に暖（あたた）かいものが広がる。ルイーゼは小さく首を横に振ると、微笑んでそっとエーレンフリートの手を握った。

こうして、エーレンフリートに触れるのは初めてだ。熱があるせいだろうが、その手はルイーゼのものよりも少し暖（あたた）かい。ルイーゼよりも頭一つ分ほど大きい、その体に見合う大きな手だ。少し筋張（すじば）っていて、手の皮が硬い。タコのようなものがあるのは、もしかして剣を握るからだろうか。

「陛下、私……編み物が得意なんです」

握った手を見つめて、ルイーゼは続ける。

「今、ひざ掛けを作っているんですけれど……差し上げたら、使ってくださいますか？」

その問いかけに答えたのは沈黙だった。だが、彼に触れていた手が、そっと握り返される。思い切って顔を上げると、エーレンフリートはどこか困惑したような、それでいて照れたような——そんな複雑な表情を浮かべてルイーゼを見つめていた。

「俺に……？」

「ええ、陛下に」

どこか呆然としたような口調で言うエーレンフリートに、にっこりと微笑みを返す。すると、エーレンフリートもまた、ふわっとした笑みを浮かべた。

「もちろん、使わせてもらう」

「では、完成を楽しみにしていてくださいね」

よかった、とこの時のルイーゼは安堵していた。やはり、歩み寄れば少しは心を開いてもらえる。

「では、今日はもうお休みになって……ひざ掛けができたら、あのお庭でお茶にしましょう？」

「……あ、ああ……そうだな」

ルイーゼが促すと、エーレンフリートはおとなしくその勧め従って寝台に横になる。やはり、熱がある身で話していたため疲れたのだろうか。しばらくすると、目を閉じたエーレンフリートから「すうすう」と静かな寝息が聞こえ始めた。

乱れた上掛けを直して、ルイーゼはそっとその場を後にした。


――だから、このひざ掛けだって急いで完成させたのに。

結局、あれから三日、約束は未だに果たされていない。

相変わらず、朝から夜まで、エーレンフリートは執務室に籠りっぱなしだ。夕食と就寝時は共にしているが、そのどちらの時にもむっつりとして黙り込んでいるばかり。

ただ、少しだけ変わったことと言えば、寝る時には声をかけてくれるようになった――くらいだろうか。

まあ、初日はルイーゼの寝落ち、翌日はエーレンフリートのわけのわからない行動に振り回された挙句の彼の寝落ち。そしてその翌日は一緒には寝なかったのだから、それを進歩と呼んでいいのかはわからなかったけれども。

それから、おやすみのキスをしてくれるようにもなった。——額に、ごく軽くではあるけれど。

だが、それは親が子どもにするのと同じものだ。

——これでもまあ、近づいてると言えなくもないのかしら。

「皇妃陛下、そろそろお時間です」

イングリットがそう声をかける。ルイーゼはストールを椅子の上に置くと、頷いて部屋を出て行った。

◇

発熱した翌朝、エーレンフリートの姿はいつものように執務室にあった。

「無事に全快されたようで、何よりです」

「ふん」

顔を合わせたバルトルトにそう言われて、鼻を鳴らす。もともと、さほど体調が悪かったわけではない。少しばかりの倦怠感と、それからくしゃみに熱。典型的な風邪の症状だったし、エーレンフリートはその原因もなんとなく察していた。

騎士団の一員でなくなってからだいぶ経つが、それでも鍛錬は週に三回は行っている。風邪程度でどうにかなるほどやわではない。

だが、そもそも休暇中の身である。無理をして裁かなければならない案件もないので大事をとることになっただけだ。いらない、と言ったのに、わざわざ侍医の診察まで手配したのはこのバルトルトである。

「なにニヤけてるんです？」

「ニヤけてなんかいない……なんだお前、昨日のアレは」

はて、ととぼけてみせるバルトルトを睨みつけて、エーレンフリートは息をついた。毎度毎度、無駄だとわかっているのについ突っかかってしまう。

乳兄弟の気安さもあるが、そうしてエーレンフリートに息を抜かせているのだということを理解してもいた。

「それにしても、なかなかうまくやっているみたいで、良かったですよ」

「ふん……まあな」

「またそういう言い方をする……結構心配してたんですよ、これでも。ほら、初めてだとうまくいかないこともあるっていうじゃないですか」

「……うん？」

にやにや笑うバルトルトの顔を見て、エーレンフリートははて、と首を傾げた。初めてといえば初めてなのだが、うまくいかない要素が見つからない。

「なんの話だ」

「えっ、決まってるじゃないですか。ルイーゼさま……皇妃陛下との閨の話ですけど」

あっさりと恥ずかしげもなくそうのたまったバルトルトに、エーレンフリートの冷たい視線が突き刺さる。見る者の肝を芯から冷やす、と恐れられる眼光だが、バルトルトは慣れたものだ。とぼけた顔をして受け流すと、あれえ、と首を傾げて見せた。

「え、まさか……」

「まさかも何も、まだそっちは何もしていない」

「えぇぇ……？　じゃあなんで昨日は……いや、なんでそんなご機嫌なんです……？」

改めて問われて、エーレンフリートはぐっと言葉に詰まった。だが、確かに機嫌がいいのは事実である。そして、その原因を誰かに聞いてもらいたくてたまらなかったのもまた事実。

エーレンフリートは一つ咳ばらいをすると、こころもち声を潜めた。

「ルイーゼが」

「皇妃陛下が……？」

「俺の為に、ひざ掛けを作ってくれるそうなんだ」

「ひざ掛けを」

それで、とバルトルトの視線が促す。む、と一声唸って、エーレンフリートは先を続けた。

「それが完成したら、一緒に庭で茶を飲もうと」

「……お茶を」

「うむ……なんだお前、さっきからオウムにでもなったのか」

「うーん、オウムになりたくもなる……」

まさか、ここまでとは――と呟いたバルトルトに、エーレンフリートは胡乱な視線を投げかけた。だが、やはりバルトルトはエーレンフリートの視線など気にも留めない。これが職務上のことであれば、エーレンフリートの眼差し一つですべてを読み取り行動してくれる優秀な人物なのだ。しかし、それ以外のことではこの通り。

――まあ、そういうところが気に入ってもいるのだが。

面と向かって言ったことはないが、おそらく当人にもそれは伝わっているだろう。そう思ったところで、バルトルトがぶつぶつと呟くのをやめて、エーレンフリートをにやにやしながら見ているのに気が付いた。

「なんだ、気持ち悪いな」

「うっわ、傷つく……陛下にいいことを教えて差し上げようと思ってたのに」

「いいこと？」

う、と半歩身を引いたエーレンフリートに、バルトルトがにじりよる。経験上、バルトルトがこういう態度の時に聞く話が「いいこと」であった試しはない。

「いや、い――」

「陛下、ルイーゼさまに落とされちゃったんでしょう」

ぴし、と空気の凍り付く音がした。少なくとも、エーレンフリートはそれを聞いた、と思う。

だが、彫像のように動かなくなったエーレンフリートを無視して、バルトルトは陽気に話を続けた。

「いやー、そうじゃないかとは思ってたんですよねー。もう陛下、初日からおかしかったですもん……」

「……はあ？」

「婚姻式典ではめちゃくちゃ情熱的なキスを披露してくださったし、夜は夜で一晩中寝顔を見つめてた、なんて言い出すし」

「ちょっと待て、あれは見張ってたんだ」

「それで、一昨日（おととい）は何をやらかしたのか知らないけど、健康優良児の陛下が風邪？　いやーもう、なんかあったなって……てっきり一晩ハッスルしてらしたのかと思えばそうじゃないみたいだったし……変だなーと思ってたんですよね」

「あれは」

「お見舞いに来ていただいた時も、なーんか変な空気醸（かも）し出してたじゃないですか」

反論の糸口を探してなんとか口を挟（はさ）もうとしていたエーレンフリートは、ぐっと言葉に詰（つ）まった。それを見逃（みのが）すバルトルトではない。

「……なんか、あったでしょう？」

「……黙秘する」

にたあ、としか形容しようのない笑みをバルトルトが浮かべる。それを見たエーレンフリートは、自分の返答が悪手（あくしゅ）であったことに気付いて唸（うな）り声をあげた。

黙秘では、もうこの場合は認めたも同然だ。ない、と断言するべきだったのである。

だが、プライベートな部分での嘘は、エーレンフリートにとって最も忌むべきものだった。悪手と悟った今でさえ、改めて否定の言葉がでないほどに。

「……寝不足だったんだ」

観念して、エーレンフリートは白状した。甘い匂いに誘われて、ルイーゼにしたすべてを。

そして、それに対するバルトルトの反応に、エーレンフリートはとても、とても傷ついた。

「そんだけ？」

「そんだけ、じゃないだろう！」

あ、とバルトルトが口元に手を当てて「しまった」と呟いたが、後の祭りである。怒れる皇帝に手を合わせるが、まったく鎮まらない。

散々になじられて、ついでに普段の女性関係についてもお叱りを受けたバルトルトである。

「ま、まぁその……そう、女性経験が豊富だから」

「乱れてるから、と言い直せ」

「……はいはい、乱れてます、でも、それだからこそわかることがあるんですよぉ」

一呼吸おいて、バルトルトはエーレンフリートの目をまっすぐに見た。

「陛下ね、ルイーゼさまに……恋しちゃってますよ、それ」

自覚させられてしまうと、もう駄目だった。完全に、悪い方向に、だ。

近くにいると、どうしても意識してしまう。気を抜くと、ルイーゼから香る甘い匂いに誘われるがままに触れたくなる。

手にしたグラスの中で、注がれた酒がたぷんと揺れた。

グラスの中の酒は、ほとんどその量を減らしていない。毎晩こうしてルイーゼと並んで座ってはいるが、気の利いたことも言えずに黙っているのが精いっぱいだ。

自覚する前だったなら、衝動のままに行動できただろう。だが、その後のことまで考えるようになってしまった。

結果、あれからずっとルイーゼには触れられずにいる。

かろうじて、就寝の挨拶だけはできるようになったが、まるで親子のするような額へのキス止まりだ。エーレンフリートにとっては、それが精いっぱいだった。だって、唇になんかしたら、もう止まれない自信がある。

はあ、と深くため息をつくと、隣に座っていたルイーゼがぴくりと反応した。

「あの、陛下……？」

「ん」

口元が緩みそうになるのを堪えようとすると、眉間にしわが寄ってしまう。だが、それ以外の表情を浮かべることができない。

いつも以上に威圧感が増しているであろう自覚はあるが、どうしようもないのだ。

ここ二日ほど、そんな状況が続いている。

ひざ掛けを貰う約束をした時には少し近づいたと思っていた距離も、今ではどこか遠く感じられた。

——まあ、自分のせいなんだけどな。

これまで無縁に過ごしてきたせいで、恋というのがこれほど恐ろしいものだと、エーレンフリートは知らなかった。

取り返しのつかないことをして、嫌われるのが怖い。

常に気を張っていないと、無意識のうちにルイーゼに触れて、その柔らかさを確認したくなる。

「あ、いえ……その、お疲れのようなので。おやすみになりますか？」

何かを言いかけたルイーゼが、少し寂しげな表情を浮かべて就寝を促してきた。これも、ここ二日でほとんど定番になっている。

小さく頷くと、この時だけは彼女の手を取って寝台へ連れていく。本当は、前したように抱き上げて、それからもっと——と考えてしまう。

だが、その後の反応が怖くて、エーレンフリートは結局就寝の挨拶をして、無理矢理目を閉じる。

そうしている間ずっと、ルイーゼの顔を見ることはほとんどなかった。

じっと目を閉じていると、隣から寝息が聞こえてくる。その頃になって、ようやくエーレンフリートは目を開けて、ルイーゼの顔をじっと見つめることができる。

「……かわいい」

美しい女性だということは、初めて顔を見た時にも感じていた。だが、その日の夜からずっともやもやと心の中で感じていたことが、ようやく形になった気がする。

エーレンフリートは、飽きることなくじっとルイーゼの顔を眺め続けていた。


「そんで、陛下その後いかがなんです？」

「……黙秘する」

「あ、はいはい、わかりました」

朝から執務室に籠（こも）ってる時点でまあわかってたんですけどね、とバルトルトは投げやりなエーレンフリートの回答に肩をすくめて書類に視線を戻す。

そのまま顔も上げずに紙の山をより分けていると、ちくちくと物言いたげな視線が飛んできた。

当然エーレンフリートからのものである。

「……喋りたいなら喋っちゃった方が楽になりますよ」

たっぷり半刻ほどもその視線を浴びてから、バルトルトはようやく口を開いた。げっそりとした風の顔を作ってエーレンフリートを振り仰げば、当の本人は「どうした」とでも言いそうな顔でこちらを見ている。

わかりやすいやつだな、とバルトルトは内心で一つ小さな息を吐いて続けた。

「いや、陛下顔に出すぎでしょ……なんもないですよ、陛下のその視線に耐えらんなくなっただけ！　ほら、いいからキリキリ吐け！」

「さっ……最近、ルイーゼがその、かわいく見えて仕方ないんだ」

バルトルトの勢いに押されたのか、エーレンフリートがぽろりとそうこぼした。にんまりと自分の唇が弧を描くのがわかる。

どちらにせよ、聞き出すつもりだったのだ。手間が省けて何よりである。

エーレンフリートもそんなバルトルトの思惑に気付いたのか、あっ、と小さく声を上げると鼻の頭に少し皺を寄せた。だが、それでも当人も困り果てているのか、しぶしぶといったていで打ち明けてくれた、のだが。

その内容が内容だ。途中まで聞いたところで、すでにバルトルトは呆れ顔であった。

「へー……ちょっとは進展してるのかと思えば、めっちゃ躓いてますね……」

「……やっぱり話すんじゃなかった。おい、バルトルト、そこに頭を出せ。この書類の束で思いっきり殴れば記憶が飛ぶかもしれん。試させろ」

「飛ぶか、そんなもんで！」

あほらしすぎて涙が出そうだ、とはさすがに言えない。妻がかわいく見えて、触ったら暴走しそう、なんて――エーレンフリートでなければただの惚気だ。いや、エーレンフリートでも惚気だ。呆れたバルトルトの表情に気付いたのか、エーレンフリートが無茶を言う。

ぐぬぬ、と歯軋りをする彼の肩を宥めるように叩いて、バルトルトはあっさりと自分の考えうる最高の解決策を告げた。

「いっそ手を出しちゃえばいいじゃないですか、もう結婚してるんですから」

「……それで嫌われたらどうする」

思ったよりも弱気な声で答えが返ってきて、バルトルトは一瞬息を呑んだ。

「それに……手を出したりしたらもう絶対手放せない。今だって手放したくない。もし、今無体をして……嫌われたら……ルイーゼも、他の男に……」

「そういうタイプじゃないと思いますけどねえ……」

そう慰めながら、バルトルトはしおれたエーレンフリートの姿をちらりと見た。皇帝としては誠に優秀であるくせに、人間としてはひどく未熟なのだ、この男は。

愛することと愛されることに対する自信がない。

はあ、と知らずため息をもらして、バルトルトは思う。かつてアドリーヌにつけられた傷は想像以上に深いな、と。

かつて、妹のように愛したアドリーヌは他の男と去った。今度は妻として、女として愛するようになったルイーゼも、そうして去って行ってしまうかもしれない。そう思うのだろう。

「なあ、エーレンフリート」

バルトルトがエーレンフリートを名前で呼ぶのはいつぶりだろうか。顔をあげた彼の目に、バルトルトの真剣な表情が映り込む。

「ルイーゼさまは、アドリーヌさまとは違う。違う人間だ。わかるな？」

「……ああ」

「ルイーゼさまは、議会の決定に従ってお前に嫁いできた。女性不信の女嫌いを公言するお前にだ」

エーレンフリートが視線を下げる。その顔を掴（つか）んで、バルトルトはもう一度エーレンフリートと目を合わせた。

「信頼しろ」

「……信頼」

「そして、おまえも信頼してもらえ」

エーレンフリートは目を瞬（またた）かせた。

「ルイーゼさまは、少なくともおまえにそれを望んでいるだろう。恋やら愛やらがなくても、信頼関係があれば夫婦としてやっていける。だが、逆に信頼がなければ、恋も愛も生まれない」

一呼吸置いて、バルトルトはエーレンフリートの顔から手を離した。

「エーレンフリート、これはおまえの友としての忠告だ。ルイーゼさまを信じろ。そのために、まず彼女をよく見て、話をしろ。わかったか？」

「……わかった」

エーレンフリートがしっかりと頷（うなず）くのを確認して、バルトルトはようやく笑顔を見せる。それに応（こた）えるように、エーレンフリートもまた微かに笑みを浮かべた。

◇

むずむずする。

夕食の席に着いたルイーゼは、そわそわと落ち着かない気持ちで周囲を見渡した。

――今日の陛下、少し変じゃない……？

普段のエーレンフリートは、食事中もほとんどルイーゼの方を見ない。皿だけを見ながらもくもくと食事を済ませるのが常だ。

だというのに、今日のエーレンフリートとは、何度も目が合う。

――私、どこか変なところがあるのかしら。

こっそりと自分の服装を確認してみるが、着用しているドレスは皇城にあがった時に用意されていたものだ。おかしい、ということはないだろう。着付けもきちんと女官たちがしてくれているし。

そんなことをしている間も、エーレンフリートの視線を感じる。いつの間にか運ばれてきたデザートにフォークを入れながら、ついにルイーゼは覚悟を決めて顔を上げた。

――ま、また……！

正面から、エーレンフリートとばっちりと視線が合ってしまった。だが、いつもなら厳しい顔つきをしているエーレンフリートの表情が、少し違って見えるような気がする。

――気のせいかもしれないけれど……

思い切って、ルイーゼは声をかけた。

「あ、あの……陛下？」

「ん……なんだ、ルイーゼ」

エーレンフリートの答えに、ルイーゼの目が一瞬丸くなる。

――「ん」以外の返事が返ってきたわ……！

エーレンフリートが熱を出した翌日から、初めてのことではないだろうか。それどころか、ルイーゼの目がおかしくなったのでなければ、エーレンフリートは少し口角が上がっているような気がする。

心臓が、どきりと跳ねた。

――うっ……陛下、お顔がいいから……不機嫌そうな顔も迫力があるけど、ちょっと口角を上げただけでも破壊力があるわ……

気のせいか、キラキラして見える。直視できない。

思わず黙って視線をそらしたルイーゼに、エーレンフリートの方から話しかけてきた。

「どうした、何か話があったのではないのか」

「えっ……え、あの……あ」

これまたいつもと違う。ルイーゼが黙ったら、エーレンフリートも黙ってしまうのに。

慌てたルイーゼは、何か話題を探そうと必死になって、咄嗟に約束のひざ掛けのことを思い出した。もう、昨日の夜には完成していて渡そうと思っていたものだ。

「ひっ……ひざ掛け、ひざ掛けが完成しましたので……」

「ああ」

ふわ、とエーレンフリートが微笑んだ。

——なに？　天変地異の前触れかしら……

ルイーゼがそう思ったのも無理はない。ここのところ、厳しい顔ばかりしていたエーレンフリートが、話を続けたどころか微笑みまで見せたのだ。

だが、ルイーゼはさらに驚くことになる。

「約束だったな、明日、庭でお茶を飲もう」

「はっ……？」

「……約束、しただろう？」

——うそでしょ……？

会話が成立しただけでなく、明日の約束まで。思わず間抜けな返答をしてしまったが、エーレンフリートはわずかに首を傾げただけである。

——覚えていてくださったのね……

今日の夕食前までは、エーレンフリートとの関係はこのまま平行線かもしれない、と思っていた。

だが、もしかしたら、大丈夫なのかもしれない。

ルイーゼは「はい」と答えると、ようやくにっこりと微笑んだ。

食事を終え、私室に戻ってから、ルイーゼはとあることに気付いて落ち着かない気分でそわそわと室内を歩き回っていた。

——大丈夫、大丈夫よ……

気を落ち着けるためにいつもよりも少し長湯をした。着替えも済ませたし、髪もイングリットが丁寧に整えてくれている。おかしなところは何もないはずだ。

——い、いや……そこは気にするところじゃないでしょう？

そわそわと身だしなみを確認して、ルイーゼははっと我に返った。

ソファの上には編んだひざ掛けが、たたんで乗せられている。それを手に取ると、ルイーゼはぎゅっと胸に抱き締めた。

——今日は、これをお渡しして、それからお茶の時間を決めるのよ。

そう、それだけだ。それだけのはずだ。

だが、とルイーゼはぎゅうぎゅうとひざ掛けを抱き締めながら思う。

皇帝夫妻に与えられた休暇は残り一日。もしかしたらエーレンフリートは、それで覚悟を決めて態度を変えたのかもしれない。

もしかしたら、彼はルイーゼと子作りをするつもりなのかもしれない、と。

◇

一方、そんな疑いを持たれているとはつゆ知らず、エーレンフリートは自室で感激に打ち震えていた。

――やればできるじゃないか、俺……！

さすがバルトルト、仕事のできる女たらしの助言は的確だ。特別ボーナスを出してこれに報いてやらねばなるまい。

これまで意識しすぎてガッチガチになっていたエーレンフリートだったが、一歩勇気を出して踏み込めばルイーゼとの会話は自然と成立した。うまくいきすぎて若干恐ろしいほどである。

なお、やはり最初の日にバルトルトが何の助言もできなかったことは頭から抜けていた。ことルイーゼに関しては、エーレンフリートはかなりのポンコツ具合を発揮している。

――あとは、この後を乗り切れば……

実際問題、席の離れている夕食時よりも、この後近くに座ることになる寝室での時間の方が問題だ。エーレンフリートは、ぐっとこぶしを握り締めた。

とにかく、いきなり距離を詰めずにきちんと話をすることが大切だ。無体はご法度である。

信頼関係を構築しろ、とバルトルトは言っていた。ルイーゼを手放したくないならそうしろと。

ぶる、と身体が震える。

――できるだろうか……？

らしくもなく弱気になって、エーレンフリートはしばし足元を見つめた。

ルイーゼのことは好きだ、と思う。バルトルトが言うように、おそらく一目惚れに近かった。

たかだか一人称ごときで「嘘をつかれるのはいやだ」などと言ったエーレンフリートに対して、真摯に答えてくれた姿勢。自分だって緊張していただろうに、話をしてくれようとした心遣い。

エーレンフリートの暴挙を責めず、それどころか見舞いにまで来てくれて——そして、手ずからひざ掛けを作ってくれるルイーゼ。

思えば、女性に「何かしてもらう」という経験自体、成人して以降のエーレンフリートにとっては初めてのことだった。

「……嬉しかったんだ」

彼女のそうした態度に触れるたびに、想いは深まっていったのだと思う。たった一週間に満たない期間だというのに。

初めて好きになった相手を手放したくない。だから、逃がしたくない。

そのためにできることは、なんでもしよう。

——お互いを知ること、か。

思えば、アドリーヌとの決裂はそこに原因があったのだろう。

エーレンフリートはアドリーヌを妹のようにかわいがることはしても、本当の彼女の姿を見たいと思ったことはなかった。いや、実際には知ろうともしなかったのだ。

ただ、見ているものだけが本当だと思って。

そして、彼女にも自分の一面しか見せていなかったのだろう。だって、必要ないと思っていたから。だが。

——今度は、間違えない。

こぶしを握り締めて顔を上げると、エーレンフリートは寝室に向かうべく立ち上がった。

ごくり、と喉が鳴った。

——間違えない。

もう一度、胸に刻んで、エーレンフリートは扉の取っ手に手をかけた。思い切ってそれを下げれば、滑らかな動作で音もなく扉が開く。

寝室には、いつものようにほんのりと柔らかい色の灯りが灯っている。

ふわ、と香るのはいつものルイーゼの香りだ。その姿がいつものように寝室のソファにあるのを確認して、エーレンフリートは逸る気持ちを抑えてゆっくりと近づいていく。

その気配を感じたのか、座っていたルイーゼがぱっと振り向いた。

「陛下……」

「あ……待たせたか？」

エーレンフリートの姿を見たルイーゼの表情は、少し硬い。夕食の時には笑ってくれたのに、どうかしたのだろうか。

不安を覚えて足が止まる。

その時、彼女が何か胸に抱えているのが、エーレンフリートの目に留まった。柔らかな明かりの下ではわかりにくいが、薄い茶色のあれは、ルイーゼの言っていたひざ掛けだろう。

あ、と小さく声をあげたエーレンフリートの視線の先に気付いたのか、ルイーゼがそれをぎゅうっと抱きしめる。

「それ、が……?」

しばしの沈黙ののちに、エーレンフリートはようやくそれだけを口にした。俯き加減にじっとひざ掛けを見つめていたルイーゼが、その声にようやく視線を上げる。じっと見つめていると、どこか遠慮がちにルイーゼが小さく頷いた。

少し染まった頬、そして潤んだ瞳がエーレンフリートの心臓を撃ち抜く。これは、くる。思わずよろけそうになって、エーレンフリートはなんとかその場に踏みとどまった、が。

――かわいい。

馬鹿の一つ覚えのように、その言葉だけが頭の中をぐるぐる回る。ふら、と足が自然にルイーゼの方へと歩を進めはじめた。

もとより、それほど広い部屋というわけでもない。体の大きいエーレンフリートが、五歩も歩けば容易にルイーゼのすぐ近くまで到達してしまう。

ふわふわと漂う香りが、より鮮明にエーレンフリートのもとへ届いた。

――相変わらず、いい匂いがする……

誘われるままにルイーゼの銀の髪に手を伸ばす。それに触れる直前、エーレンフリートははっと我に返った。

ものすごい勢いで手を引っ込めた彼を、ルイーゼが不思議そうに見上げている。誤魔化すようにその手をあげて、エーレンフリートは言葉を絞り出した。

「あ、いや……座ろうか」

「は、はい」

お互いどうにもぎこちなさが抜けないまま、揃ってソファに腰を下ろす。柔らかなソファが二人の体重を受け止めて、わずかに沈んだ。

しばし、二人の間を沈黙が支配する。

エーレンフリートは、ちらりとルイーゼに視線を走らせた。

身長差のある二人だが、座るとその差は少し埋まる。それでも、ルイーゼが俯き加減であるせいか、エーレンフリートからは彼女の表情は見えず、ただ綺麗な銀の髪と、そのてっぺんのつむじが見えるだけだ。

——つむじまでかわいいな。

そこから指を差し入れて、柔らかそうな銀の髪を梳いたらきっと気持ちがいいだろう。

うっとりとそのつむじを見つめていたエーレンフリートの視線の先で、そのつむじがゆっくりと角度を変えた。ルイーゼが顔を上げたのだ。

「あ、あの……っ、ひゃ……!?」

じっと見つめていたエーレンフリートの琥珀色の瞳としっかりばっちり目が合って、ルイーゼが驚きの声をあげる。紫色の瞳が見開かれて、肩がびくんと揺れた。

まるで警戒心の強い猫のようにそのまま後退ろうとする肩を、エーレンフリートの手がとっさに捕まえる。

「あ……」

　また、ふわっと甘い香りが漂った。

「この、香り……」

「え……？」

　すん、と鼻を鳴らしたエーレンフリートの呟きに、ぱちぱちとルイーゼが瞬きをする。逃げようとしたことも忘れて同じようにすんすん、と周囲の匂いを嗅ぐそぶりを見せた。

　だが、彼女はすぐに不思議そうな顔をしてエーレンフリートを見上げる。

「香り、ですか……？　私は特には感じませんが……お手入れに準備してくださった香油のものでしょうか……」

「香油の？」

　そうなのだろうか。女性と近しくすることのなかったエーレンフリートにはわからないが、女性の使う香油というのはこれほどまでに甘く、蠱惑的な香りがするものなのか。

　確かめるようにもう一度すん、とエーレンフリートが鼻を鳴らすと、ルイーゼの顔が赤く染まった。

「や、やめてください……なんだか、恥ずかしい……」

「ん？　あ、ああ、悪い……」

　――恥ずかしがる姿もかわいいな。

もはや、何を見てもかわいいしかない。バルトルトには「よく見ろ」と言われたが、そうでなくてもこのかわいい生き物から目を離すのは至難の業だ。

もちろん、バルトルトの言った意味はそうではないのだが、既に冷静な判断力を失っているエーレンフリートは、でれでれと鼻の下を伸ばしながらそう思っていた。

だが、ルイーゼは赤くなった頬を隠すようにして、また俯いてしまう。ふたたびエーレンフリートの視界には、彼女のつむじしか見えなくなってしまった。

それだけでも、エーレンフリートの心は妙な充足感を覚えている。

——ずっと、こうしていたいな……

傍にいるだけで、これほどまでに心が温かくなる存在がいるとは思ってもいなかった。そして、同時に苦しいほど切実な想いが胸に沸き起こる。

——去らないでくれ。

そんなことになったら、自分がどうなってしまうのかが怖い。怖いが、想像してしまう。

ルイーゼが、他の男の手を取って出ていく日を。

あなたを愛することはできない、と言い出す時を。

想像だけで青ざめ、ぎゅっとこぶしを握り締めたエーレンフリートの耳を、柔らかな声が撫でた。

「陛下、その……遅くなりましたが、これを」

はっとしてルイーゼに視線を戻すと、再び顔を上げた彼女が胸に抱いていたひざ掛けを、そっとエーレンフリートの膝にかけてくれていた。

薄い茶色をメインに、濃茶と白をアクセントにしたもので、大柄なエーレンフリートが使ってもまだゆとりがある。

ずっと胸に抱いていたせいか、そのひざ掛けはほんのりと暖かく、エーレンフリートの身体にぬくもりを伝えてくれた。

「ああ……ありがとう。こんなに素晴らしい……大変だっただろう？」

「いえ、私、編み物は昔から得意で……」

緊張が和らいだのか、ふわりとした笑みがルイーゼの口もとに浮かんでいる。

——そうか、緊張して見えたのは、これを俺が気に入るかどうか気にしていたからか？

ふ、とエーレンフリートの口もとにも笑みが浮かんだ。

「すごく上手だ。それに、この大きさなら……ほら、二人でかけても充分入れる」

「きゃ、あ、あら……大きすぎでしたでしょうか……」

エーレンフリートに腰を抱かれ、隙間もないほどに引き寄せられて、ルイーゼが一瞬慌てたような声をあげる。だが、すぐにひざ掛けの大きさの方に気を取られたらしく、エーレンフリートと自分の膝を交互に見て考え込んでしまった。

その耳元に「いや、ちょうどいい」とエーレンフリートが囁く。

「寒い時には一緒に使おう」

「まあ……お仕事中に使っていただこうと思いましたのに」

くすくすとルイーゼが笑う。その唇を見つめながら、必死にそれに口付けたい衝動を押し殺す。

甘い香りと、触れる身体の柔らかさ。

そのぬくもりが、まだそばにある。そのことが得も言われぬ幸福感をエーレンフリートに与えていた。

「もちろん、使う。……そうだ、明日は庭に長椅子を用意させよう」

「えっ？」

「これを一緒に使ってくれ」

また、紫の瞳が丸くなる。エーレンフリートは、今度は我慢しなかった。

柔らかな頬にそっと手を添えると、唇を寄せる。

唇と唇が触れるだけの、ごく軽いキスだ。だというのに、その口づけは、エーレンフリートにとってこれまでのものよりもずっと甘く、そして暖かなものだった。

◇

「陛下が何を考えてらっしゃるのか、全然わからないわ……」

窓の外は雲一つない晴天だ。グラファーテ帝国の秋は雨が少ない。その代わり、風が強く吹き、それが北からの寒さを運んでくる。

今日もおそらく外は寒いのだろう。そろそろ暖炉に火を入れる時期かもしれない。

ふう、とルイーゼの唇から悩ましげなため息がもれた。

昨夜のエーレンフリートは、ルイーゼから見るとこれまでとはまるで別人のようだった。

言葉は少ないながらも、エーレンフリートとの間にはこれまでにないほど会話が成立していた。

密かにそれを喜んだルイーゼだったが、その後がどうにも理解できない。

話をしていたと思ったら、突然唇にキスをされたのだ。混乱しつつも、ルイーゼは来るべき時が来たのか、と身構えた。

そうして唇を離したエーレンフリートに「寝ようか」と声をかけられた時には、ルイーゼの緊張は最高潮だった。だというのに——なんと、寝台に入ったエーレンフリートは、いつものように「おやすみ」と囁くと、また唇にキスをして、そしてそのまま本当に寝てしまったのだ。

——意味がわからない。

そのくせ、ルイーゼが眠れないながらも目を閉じてじっとしていれば、寝たはずのエーレンフリートが起き上がり、ほのかな明かりの下で顔を見つめてくる。

——あれはなんなの？

思い出すと、動悸が激しくなる。エーレンフリートの挙動にどぎまぎしてなかなか寝付けなかったルイーゼは、今朝も寝坊してしまったほどだ。

秋晴れの空を見つめて、ルイーゼはもう一度ため息をもらす。

——今日の午後は、陛下とのお茶会ね……

寝坊したルイーゼは、やはり今日も起きたら一人だった。だから、この予定はエーレンフリートがわざわざ側近であるバルトルトを使いに寄こして知らせてきたものである。

そのバルトルトがくすくすと笑いながら「陛下はひざ掛けをことのほかお喜びで、見せびらかしてくるんですよね」と言ってきた時には、本当に恥ずかしかった。

あれを、本当に今日のお茶会で使うつもりなのだろうか。一応ルイーゼも、自分の分は用意していった方がいいだろうか。

悩ましさに身もだえていたところに扉を叩く音が聞こえ、続けてベティーナの声が入室の許可を求めてきた。

「皇妃陛下、準備ができましたのでどうぞ」

「え、もう……？」

入室を許可されたベティーナは、部屋に入ってきた、と思ったら今度は衣装室へとルイーゼを連行してゆく。

きびきびした動きは無駄がなく、その表情はいつもよりも明るい笑顔を浮かべている。何が嬉しいのだろう、と思ってから、ルイーゼは「そうか」と一人納得した。

この一週間、エーレンフリートとルイーゼの間にろくな交流がなかったことを、彼女は――彼女たちはよく知っている。

それがとうとう、二人でお茶を、ということになったのだ。

――心配、してくれてたんでしょうね……

くす、と笑って、ルイーゼはベティーナに腕を引かれるままに衣裳部屋へと入った。

この日ベティーナが用意してくれたのは、淡い黄色のドレスである。白いレースがふんだんに使われているが、どこか上品で少し大人びたデザインだ。

銀の髪と紫の瞳を持つ儚げな容姿のルイーゼに、それはよく似合っていた。

「ちょっと、派手じゃないかしら……」

「これくらい明るいお色味の方が、お庭では映えると思います」

鏡の前に立ったルイーゼはそう言ったが、ベティーナは満足そうに頷いている。着替えを手伝った周囲の女官たちも、ベティーナの言葉に大きく頷いてみせた。

「そうかしら……でも、みんなが言うのなら」

昼のドレスは首元が詰まっているのが基本なので、アクセサリーは基本的に耳飾りと髪飾りくらいしかつけない。ベティーナの用意したものを見て、ルイーゼは苦笑した。

――なるほど、どちらも琥珀なのね。

薄灯りの下で自分を見つめるエーレンフリートの瞳を思い出して、ルイーゼの頬がほんのりと染まる。

――陛下は、お気付きになるかしら。

どんな顔をなさるかしら、とルイーゼは浮き立つ気持ちで装いを念入りにチェックしだした。

午後の庭園は、緩やかな日差しに照らされていた。

朝は肌寒かったが、いざ外に出てみると冷たい風も心地良く感じられる程度には気温も上がっている。

——お茶を楽しむのにはもってこいの天気だわ。良かった。

ベティーナとアロイスを伴って庭に出たルイーゼは、空を見上げて微笑んだ。つい先日風邪を引いたばかりのエーレンフリートだが、これなら大丈夫だろう。

設えられた席を見ると、本当に長椅子が置かれており、その脇に小さなテーブルが一つある。長椅子の上にはクッションがいくつか置かれ、寛げるようになっていた。

エーレンフリートの姿はまだない。どうやら、ルイーゼの方が先に到着したようである。

「さ、皇妃陛下、こちらへ」

ベティーナに誘導されて、ルイーゼは長椅子に腰かけた。顔を上げると庭園が一望できる、いい場所だ。

先日見たばかりの赤い小さな花が緑の葉の中でかわいらしく咲き、噴水がその色を映しとって煌めいている。それに続く小川には、空の青と葉の緑が映っており、その様子を眺めているだけでも飽きそうにない。

——やっぱり、綺麗なお庭だわ……

うっとりと眺めているルイーゼの後ろに、誰かが立つ気配がした。

「待たせたな」

「ひゃ……！」

唐突に声をかけられて、ルイーゼが飛び上がる。実のところ、エーレンフリートには護衛と侍従が付き添っており、さほど静かに近づいたわけでもないのだが、庭に夢中のルイーゼが全くそれに気付いていなかっただけだ。

だが、エーレンフリートは気分を害した様子もなく、口の端を少し上げて両手を上げた。

「すまない、驚かせたな」

「あ、いえ、失礼いたしました」

立ち上がったルイーゼが、慌てて礼を取る。それに首を振ると、エーレンフリートは座るように彼女に促した。

それから周囲を見回して、ルイーゼの耳元に唇を寄せる。

「寒くないか？」

「いえ、今日はそれほど……」

言いかけたルイーゼは、エーレンフリートの侍従が腕に抱えているものの存在に気付いて口をつぐんだ。

薄茶色のそれは、ルイーゼの作ったひざ掛けだ。

——まあ、本当に持っていらしたのね……一緒に、使うつもりで？

どちらにせよ、きちんと手元に置いてくれているようだ。嬉しくなって、つい口元が緩む。エーレンフリートと仲良くなる作戦は、今のところ順調に推移している。

——こうして、お茶会もしてくださるし……

贈ったひざ掛けを喜んでいる、というのはバルトルトの冗談ではなく、事実らしい。エーレンフリートがそのひざ掛けにちらちらと視線を走らせるのを見て、ルイーゼは小声で告げた。

「……そう、少し寒いかもしれません」

ルイーゼがそう言うと、エーレンフリートの表情が少し明るくなった、ような気がした。

「そうか。――それをくれ」

いそいそとルイーゼの隣に腰を下ろしたエーレンフリートが、手ずからひざ掛けを広げ、ルイーゼと自分の膝にかける。そのことに、なんだかくすぐったさを感じて、ルイーゼの口もとはますます緩んだ。

気付けば、いつの間にかワゴンを押した女官が現れて、お茶の支度を始めている。

周囲の人々から生ぬるい視線を感じて、ルイーゼは一人頬を赤らめたが、エーレンフリートはまったく気にしていない。しきりにひざ掛けを撫でては微笑を浮かべている、ように見える。

耳元で琥珀の耳飾りが揺れている。くすぐったいような気持ちでそれに一瞬だけ手をかけて、ルイーゼはカップを手に取ると、温かなお茶を一口飲み込んだ。

お茶会は滞りなく、穏やかな時間となった。

エーレンフリートは、この庭について叔父であるアダルブレヒトから聞いたという話をしてくれて、ルイーゼはそれを興味深く聞いている。

なんでも、アダルブレヒトはエーレンフリートの母の為にこの庭を設計したのだという。

「当時はまだ母上は王太子妃で……確か十六で輿入れしたのだったかな。父上が二十歳、叔父上は十七歳だったと聞いている。慣れない城で、毎日暗い顔をしていた母を喜ばせるために、叔父が自ら設計して、造園の際には監督まで務めたそうだ」

「そうなのですね……。お優しい方なんですね」

女性的な雰囲気がするのは、若い娘であった現在の皇太后のために造(つく)られた庭だからなのか、とルイーゼは納得してもう一度辺りを見回した。

——お優しいところは、きっと先代の皇帝陛下や、その弟であられるアルホフ公爵閣下に似ていらっしゃるのね。

ルイーゼはどちらとも面識はない。先代皇帝は既に故人であるから、これからも会うことはできないが、アダルブレヒトとは話す機会もこの先あるだろう。

ぜひ、当時の話を聞いてみたいと思う。

だが、エーレンフリートは肩をすくめてそれに疑問を呈(てい)した。

「優しいかどうかは、俺にはわからんな。叔父上は、俺に優しかったことはないからな……まあ、男同士なんてそんなもんだろう」

「まあ」

ころころと笑うルイーゼを、エーレンフリートは優しいまなざしで見つめている。だが、庭に気を取られていたルイーゼは、それには気付かない。

そのまま、ふと浮かんだ疑問を口にする。

「では、あの赤い花は皇太后さまのお好きな花なのでしょうか」

ルイーゼは木々の間で揺れる赤い花を指さして、エーレンフリートに問いかけた。だが、それには彼も首を傾(かし)げる。

「さて……あれは確か山茶花だったかな？　母上がお好きかどうかまでは……聞いたことがなかった」

「あら、陛下。女性の花の好みくらいは覚えておくものですわ」

知っていることを話しているからなのか、珍しく饒舌なエーレンフリートに油断して、ルイーゼはついいつもの調子が出て、ぽろりと言葉がこぼれてしまった。

あ、しまった、と内心で呟いたものの、すでに口から出た言葉は取り返しがつかない。

——こういうズケズケとした物言いが、いつも敬遠されていたのに……

怒らせてしまったかもしれない。恐る恐るエーレンフリートの顔を盗み見たルイーゼは、彼の表情に心臓がどきりと音を立てた。

——わっ、笑ってらっしゃる……？

ぷ、と一瞬吹き出しかけた口を大きな掌で押さえたエーレンフリートだったが、次第にこらえきれなくなってきたのだろう。

ルイーゼが思わず顔を上げたのと同時に、彼は大声で笑い始めた。

「そうだな、それくらいはするべきだった。では、ルイーゼの好きな花を教えてくれ」

「わ、私のですか……？」

急に話を振られて、ルイーゼは目を瞬かせた。不快にならないどころか、自分の好きな花にまで興味を示してくれるとは思っていなかったので、一瞬頭が真っ白になる。

どきまぎする心臓を押さえて、ルイーゼは必死になって好きな花を思い浮かべた。だが、その思考を邪魔するかのように、ひざ掛けの下でエーレンフリートの手が悪戯(いたずら)にルイーゼのドレスの上から太ももをそっと撫(な)でてゆく。

——え、ええっ……どうなさったの……

慌ててその手を捕まえようとひざ掛けの下に手を入れる。すると、逆にその手をしっかりと握りしめられてしまった。

「教えてくれ、ルイーゼ」

耳元にそう囁(ささや)かれて、ルイーゼの鼓動が跳(は)ねた。エーレンフリートの手は暖(あたた)かく、その声にもまた熱を感じる。

女性不信の女嫌い、と聞いていたのに、案外女の扱いに慣れていらっしゃる——と思ったところで、ルイーゼの胸にちくりと何かが刺さった。

——アドリーヌさまにも、こうしていらしたのかしら。

そんな考えが、ちらりとルイーゼの胸をよぎる。だが、それをどうにか胸の内から追い出して、ルイーゼは笑顔を作った。

「私は、紫丁香花(ライラック)が好きですわ」

「ほお……どんな花だ」

問われて、その特徴をいくつか教える。

「春に咲く花で……色は、薄い紫。小さな花がいくつも集まって……そう、香りが、いい香りがするのです」

「香りか……」

何かを考えるかのように、エーレンフリートは空いている手で顎の先を擦った。ルイーゼの視線の先で、不意にその口元の笑みが深くなる。

そうすると、普段は不機嫌そうなエーレンフリートの容貌に、不思議と色めいた気配が混じってルイーゼの心を騒めかせた。

「きみがいつもいい香りがするのは、その花を好んでいるからなのかもしれないな。春になったらこの庭で見られるよう、叔父上に頼んでみようか」

「え、えっ？」

そういえば、この前の夜にも香りの話をしていたような気がする。理屈はおかしいが、どうやらその『香り』はエーレンフリートにとって不快なものではないようだ。

――陛下は、鼻がいいのね……。香りのもとは多分香油だと思うのだけど、今度から匂いの強くないものに変えてもらいましょう。

そんなことを考えて、一瞬ぼうっとしたルイーゼの目の前に、エーレンフリートが顔を寄せてくる。思わず身を引こうとして、それを繋がれた手が押しとどめた。

「どうした」

「あ、あのっ……」

顔が近い。また――キスされるのではないかと思った。……などとは言えるわけがない。

握られた手が妙に熱い。心臓がばくばく言っている。

――きっと、顔が赤くなっているわ。恥ずかしい……

こうまで頬が熱いのならば、きっとそうだろう。降り注ぐ視線を感じながら、ルイーゼは必死になって平静を保つ努力をしていた。

◇

――いい感じじゃないか？

バルトルトの助言に従って庭の解説をしたエーレンフリートは、傍らで興味深そうに話を聞いているルイーゼの姿を見て密かに胸を撫でおろしていた。

――やはり、ボーナスは支給してやろう。

ルイーゼに贈られたひざ掛けを自慢した時にしらけきった態度をとっていたため、ボーナスの話はなし、と決めていた。だが、これはやはり功績を認めるべきだろう。

途中でぽろりとこぼしたルイーゼの言葉も、だんだん自分に打ち解けてくれている証のような気がして、エーレンフリートは頬が緩むのを抑えきれなかった。

隣に座っている彼女からは、やはりいい香りがする。ひざ掛けを一緒に使っているせいで元から近かった距離を更に縮めたくなってそっと触れると、困ったような顔をするのも愛らしい。

その手の柔らかさをじっくりと味わいながらルイーゼに質問を投げかければ、かわいらしい答えが返ってきた。

——紫丁香花か。どんな花だったかな……

紫色の小さな花、というのははまさしくルイーゼにぴったりのイメージだ。いい香りがする、というのも当てはまる。

——もしかしたら、ルイーゼは花の精なのかもしれないな……

バルトルトが聞いたら、花が咲いているのはお前の頭の中だ、と正しく指摘してくれただろう。だが、この時間仕事に追われたバルトルトはこの場におらず、頭の中身を察することのできない侍従は、いつになく上機嫌な皇帝の顔を見て「明日は嵐かもしれない」と怯えるにとどまった。

——そうだ、今度はこの庭をルイーゼの好みに合わせてもらうのはどうだ。

真っ赤になって俯くルイーゼを見つめながら、エーレンフリートは考える。

——気に入れば、きっと……

少しは自分に心を寄せてくれるようになるだろうか。エーレンフリートの心の奥底で、何かが騒めく。

「今度、叔父上に相談してみよう……」

「まあ……公爵閣下はお忙しいのでは？　それに、ここは、皇太后さまにとって思い出の場所でしょう……？」

エーレンフリートの言葉に、ルイーゼが目を丸くする。

その言葉に首を振って、エーレンフリートは心の中で呟いた。

——きみがここにいてくれるのなら、そんなものはどうでもいい。

どうせ、母がここに来ることなどもうないだろう。誰もかれも、俺を一人にする。きみだけは、どうか――

またこの庭で二人で語らう日を夢見て、エーレンフリートはうっとりと笑った。

残念ながら、二人だけのお茶会は風が冷たくなってきたことでお開きとなった。「先日風邪を召されたばかりなのですから」と言われ、彼女に心配されたことにまたじんわりと喜びを噛みしめる。

「そうだな、では……」

この後は、温室でも案内してやろうか、と言いかけたところで、バルトルトが急ぎ足でこちらに来るのが目に入った。

いつも飄々としている彼にしては珍しく、浮かべた表情が少し硬い。何かあったのだ、と察して、エーレンフリートは名残惜しくルイーゼを振り返った。

「また、夕食の時に」

「はい」

嫁いできたばかりのルイーゼに、あまり良くない話は聞かせたくない。そう判断したエーレンフリートは、バルトルトに視線を送るとその場で待つよう目配せした。さすが長年そばにいるだけあって、その意図は正確に伝わったようだ。

木陰にとどまったバルトルトに頷くと、エーレンフリートはルイーゼと別れて彼のもとへと歩み寄った。

「申し訳ありません」

「いや、ちょうどお開きになったところだ。……どうした」

執務室に向かって歩きながらそう問いかけると、バルトルトは一瞬周囲を気にする様子を見せる。ここでは話せない内容なのだろう。

「いや、部屋で聞こう。アヒム、先に戻って茶の用意を頼む」

「承知いたしました」

まだ若い侍従は疑問を抱くことなく皇帝の指示に従い、その場を早足で去ってゆく。その後ろ姿を見送って、エーレンフリートははっとしたように手元を見た。

「……どうしました？」

「いや……ひざ掛けを持たせたままだったな」

エーレンフリートの言葉に、バルトルトは肩をすくめると、黙って執務室へと歩を進めた。

執務室に着くと、ちょうど侍従が茶器の支度を終えたところであった。それをバルトルトが引き取り、人払いを頼む。

バルトルトの淹れた熱いお茶を手にして、エーレンフリートはほっと息をついた。気付かぬうちに、ずいぶん身体が冷えていたらしい。向かいに腰を落ち着けたバルトルトが、その様子を見てまた肩をすくめた。

「それで、何があった？」

「どうも、ロシェンナ王国で妙な動きがあると、報告が入りまして」

「妙、とは？」

ロシェンナ王国とは、アドリーヌの件以降も良好な関係を保っているはずだ。同盟も破棄されていないし、そもそも代替わりした現在のロシェンナ国王はそう好戦的な性質ではない。

首を傾げたエーレンフリートに、バルトルトは束になった報告書を差し出した。

「これはご覧になってますよね」

「ん、ああ……国境付近で不審な人物を見たというやつだな」

風邪を引いた翌日、机の上に置かれていた報告書である。ぺら、とめくって、エーレンフリートは頷いた。

国境付近は貿易の要所でもあり、国境を接する各国へと繋がる街道が通っているために外国人の数は少なくない。しかし、そのほとんどは交易を目的とした商人たちだ。

だが、その不審人物は街道を逸れて森の中へ分け入っていったという。

特にこれといって事件は起きていないが、国境騎士団が念のため、といって報告してきたものだ。

現在調査を続行中のはずである。

「この件の後、ロシェンナ王国とうちの国境付近で、むこうの近衛の一個小隊が秘密裏に動いているらしい、との情報が届けられました」

「近衛が……？」

それを聞いて、エーレンフリートも眉をひそめた。

同盟国との国境付近で騎士を動かすのであれば、たとえそれが小規模であっても事前に一言あるのが筋である。これまでにも、近衛や中央騎士団が演習を行う際には通達が来ていたはずだ。

そもそも、国境近辺ならば近衛でなく国境騎士団の領分だろう。それをあえて、というのだからおかしな話だ。

「ロシェンナ側からは何か？」

「全く」

バルトルトは首を振ると、ソファの背もたれに身を預け、ため息をもらした。

「密偵によれば、そちらもやはり国境の森付近で何かしていたようだと。ただ、そちらは国境を越えてはいないようです」

「森か……」

不審者の目撃情報があったのと同じ場所だ。偶然とは思えない。

「犯罪者でも追っているのかな」

「であれば、一言ぐらい寄こすでしょう」

それに、とバルトルトは付け加えた。

「近衛の仕事じゃないでしょう、犯罪者を追ってくるなんて。……それとも、結構な高位貴族か……王族あたりが何かしでかしましたかね……」

「ふむ……」

なかなか厄介な話ではある。

特に、動いているのが近衛だというのが厄介だ。エーレンフリートは唸り声をあげた。

「なんだってこんな時期に……」

「陛下、私情を混ぜない」

言い当てられて、エーレンフリートは唇を尖らせる。できればこういう案件は、あと一年後とかにしていただきたい、という気持ちがバレバレだったようだ。

――せっかく、ルイーゼとの距離が縮められそうだったのに。

はあ、と大きなため息をもらすと、エーレンフリートはこの件について対応するべく指示を出す。

「国境の不審者と近衛が動いてる件は同一と見ていいだろう。密偵には、しばらく近衛の動きを監視させてこまめに報告を寄こすように伝えてくれ。国境騎士団はなるべく目立たぬようにして不審者の捜索に当たるように」

「承知しました」

「それから、ロシェンナの王宮に誰か人をやろう」

「目立ちすぎませんか」

前半には頷いたバルトルトだったが、付け加えられた言葉には難色を示した。だが、エーレンフリートはフン、と鼻を鳴らす。

「うちにだって用もないのにロシェンナからの客人がいるだろう。うちからも誰か送って、こっちは気付いているぞと知らせてやれ」

「ははあ……なるほど」

向こうには何も言わず、ただ存在だけで脅してこい、というわけである。

「できれば外交上手な方がいいな……バルベ子爵はどうかな」

「そういえば、ちょうどご子息が国外に興味をお持ちだと伺っていますね」

なるほど、別に伺っていないが、そういう名目でいいか、とエーレンフリートは頷いた。バルベ子爵は今年四十になる壮年の男性で、今年十になる跡取り息子がいたはずである。国外留学の経験があるので、その息子にも国外に出る経験をさせたいという態でロシェンナ王国を訪問させるのがいいだろう。

「では、そのように手配を。あとは、そうだな……子爵につける随行員の選定を……」

バルトルトがそう告げると、エーレンフリートはまたため息をついた。今日は遅くなりそうな予感がひしひしとする。

できれば早めに夕食をルイーゼととって、寝室でもう少し話をしたり……それから……という計画がパァなのだ。

肩を落とした皇帝に、バルトルトが冷めた視線を向ける。

「お気持ちはわかりますけどねえ、陛下……これまで一週間もあったんですから、今更ですよ……」

「わかっている、ちゃんとやるさ……」

それでも、今日が終われば明日からは仕事漬けの毎日が待っているのだ。それは、エーレンフリートに限ったことではなく、ルイーゼもまた皇妃としての責務に追われる日々が待っている。

「……せめて、明日ならなあ」

「ほら、陛下。さすがにこれは私の手にも余る案件なので、よろしくお願いします」

「……帝国中央騎士団の第二師団に、確かこの手のことが得意なやつがいただろう」

「グヴィナー家の次男ですね。今、名簿をお持ちします」

「ん、頼む。それから――」

バルベ子爵は外交部門の一員として帝都内にいるはずであるから、明日にでも使者を出せば間に合うだろう。二、三日のうちに出立の手筈は整うはずである。その際に、ロシェンナ国王への親書を持たせるとして、その内容も決めねばならない。

こうして、予定外の政務に追われたエーレンフリートが全てを終わらせたのは、既に深夜も近い時間のことだった。

一人寂しく自室の寝台に潜り込み、冷たいシーツの感触に落胆しながら、エーレンフリートはゆるゆると眠りに落ちた。

せめて、夢の中では幸せであることを祈りながら。

第五章　皇帝と皇妃に必要なもの

「さ、今日からが本番ね……」

一週間の結婚休暇を終えて、今日からルイーゼも皇妃としての務めを果たさなければならない。

女官の声に起こされて準備を整えられたルイーゼは、髪を結ってくれている女官に聞こえないようにひっそりと呟くと気合を入れなおした。

エーレンフリートは、昨日は夕食にも寝室にも姿を見せなかった。緊急に対処せねばならないことがある、と伝言が届いたことは残念ではあったが、どちらかというとルイーゼはそのことにほっと息をついてもいたのだ。

――なんだか、落ち着かないんですもの……

思えばこの一週間、エーレンフリートには振り回されてばかりである。

そっけないと思えば突然近づき、そしてまた離れてゆく。ルイーゼはただそれに翻弄されて、わけがわからないままだ。

ただ、その合間に見せてくれる優しさだけは、じんわりと染みるような暖かさがあった。

――もっと冷たい方なのでは、と思っていたけれど、杞憂だったようね。ひざ掛けも喜んでくださっていたし……

少なくとも、とルイーゼは心の中で呟いた。

――陛下だって、きっとこの婚姻は成功させたいと思っておいでなのでしょう。

そうでないのならば、最初の日からルイーゼのことなど見向きもせず放っておけばよいのだから。

もしかすると、側近のバルトルトや侍従たちに何か言われているのかもしれない。

突然豹変した態度にも、それならば納得がいくというものだ。

――だから、私のことも気にかけてくださるのだわ。

好意のようなものを感じることもあるけれど、それは自分の自意識過剰というものだろう。まずは、今日から始まる公務をきちんとこなすところを見せなければ。

「いかがでしょう、皇妃陛下」

「ありがとう」

今日からは、皇城の奥だけでなく表にも出て、たくさんの貴族たちに会わなければならない。いつもよりも美しく装うのも皇妃としての務めの一部だ。

――あ、そういえば、昨日の耳飾りと髪飾りは、やはり気付いてはいただけなかったわね……

えてして男性というのは、そういうものには興味がない、というのは父や弟を見ていればわかる。だが、ルイーゼは一瞬だけそれを残念に思ってしまった。

「本日は、朝食の後は重臣たちとの顔合わせを予定しております。午後になりましたら、その夫人たちとのお茶会を。いずれも、これからお会いになる機会の多い方々ですので――」

支度が整った頃に姿を見せたベティーナが、今日の予定を読み上げていく。重臣たちの名前は基本的には覚えているし、婚姻式典での宴でも顔を合わせてはいるはずだ。問題ないとは思うのだが、あの宴の席ではエーレンフリートの挙動が気になって周囲に目を配るどころではなかった。そこだけが少し不安だ。

――今日は、きちんと、きちんとよ……

大きく息を吸い込んで、静かに吐き出す。最後にもう一度鏡を覗いて自分の姿を確かめると、ルイーゼは立ち上がり、ベティーナを伴って部屋を後にした。

「ルイーゼ、おはよう」

「おはようございます、陛下」

食堂には、既にエーレンフリートの姿があった。太陽の光がたくさん入るように設計された室内には、朝の爽やかな日差しが降り注いで皇帝の美貌をより鮮明にしている。それを見つめて、ルイーゼはついぼーっとしてしまった。

――そういえば、朝にお会いするのは初めてかもしれないわ……

夫婦となったのにおかしな話ではあったが、これまでルイーゼがエーレンフリートよりも早く起きられた試しがないのだから当然だ。特にこの一週間は不慣れな環境に緊張していたことも手伝ってか、朝は全く起きられないのである。それこそ、隣で寝ていたはずのエーレンフリートが起きても気付かないほどだ。

そうしてルイーゼが寝ている間に朝の支度を済ませたエーレンフリートは、朝食を一人でとると執務室へと行ってしまう。ルイーゼはそのころようやく起きだす体たらくだった。

それを女官たちがどう思っているのかはわからないが、深く考えてしまうととても恥ずかしいような気がする。

――考えないようにしよう。

知識の上では知っている夫婦の秘め事について朝から思いを馳せてしまい、ルイーゼは微かに頬を赤らめた。

「どうした、ぼーっとして」

「あ、いえ……」

声をかけられてはっと我に返る。

——いけない、朝食を……

つい、自分の考え事に浸ってしまった。こういうところも、よく人から注意されていたのにどうも直らない。

どうせまた人の粗探しでもしているのだろう、とかつての婚約者に言われたことを思い出してしまい、少し気分が落ち込む。

だが、エーレンフリートを待たせてはいけない、と慌てて席に着こうとしたところで、また彼から声がかかった。

「ルイーゼ、こちらに座ってくれ」

指し示されたのは、彼の右斜め前の席だ。通常なら席の両端に着くところなのだが、と困惑して目を瞬かせると、エーレンフリートが笑った。

「あの……？」

「どうせ二人しかいないのだから、気にすることはない。話がしづらいと思ってね」

どうやらエーレンフリートも、二人に会話が足りないと思っているらしい。もしくは、今日初めて公務に出るルイーゼを気遣ってのことだろうか。

——きっとそうね。お優しい方だもの……

きっと、気を楽にしようとしてくれているのだろう。

じわじわと嬉しさがこみあげてきて、ルイーゼは大きく頷くと示された席に着いた。それを合図に給仕が朝食を運んでくる。

ルイーゼは朝が弱いこともあって、朝食はごく軽めだ。城でも一日目の朝には量を減らすようにお願いした。実家ではよく、父や弟、それに母までもが「本当にそれだけなの？」と眉をひそめていたものだ。

エーレンフリートも同様のことを思ったのだろう。自分の半分にも満たない量しか置かれていないルイーゼの皿を見て、目を丸くしている。

「……それだけでいいのか？」

「ええ……その、私、朝が弱くて……ほとんど食べられないのです」

——その分、昼と夜には食べています。

友人には、朝と昼はしっかり食べてもいいから夜を軽くするのがいいそうよ、という話も聞いているが、やはりだめなのだ。

決してダイエットをしているとか、そういうわけではない。おそらく身体がまだ起きていないのだろう、とルイーゼ自身は思っている。

心の中でいろいろと言い訳をしつつ曖昧(あいまい)に笑うと、エーレンフリートは心配そうにルイーゼを見ていた。

「……朝は食べた方がいい。これまでと違って、意外に体力勝負だぞ、この皇帝とか皇妃とかいう仕事は」

「仕事……」

思わず繰り返すと、エーレンフリートが茶目(ちゃめ)っ気(け)のある表情を浮かべた。

――まあ……こんなお顔もなさるのね。

一週間と一日、エーレンフリートと過ごしたのはたったそれだけの期間だが、昨日に続いて今日も、初めて見る表情ばかりだ。なんとなく胸がぎゅっと苦しくなって胸元を押さえる。

――なんだろう……

一昨日(おととい)の夜、エーレンフリートの態度が変わってきてからずっとこうだ。一緒に過ごしていると、ぎゅっと胸が苦しくなる瞬間がある。

それに、心臓の鼓動が早くなることも。

不思議なことに、それはルイーゼにとって不快ではなく、どちらかといえば好ましい感覚であるように思う。

「では、頑張って食べるようにいたします」

「まあ、無理はしない程度にな」

エーレンフリートはそう言うと、食前の挨拶をして朝食に手を付ける。同じように挨拶をしたルイーゼは、そのエーレンフリートの豪快な食べっぷりを目を丸くして見つめていた。

◇

「大したものだな」

エーレンフリートが小さな声で呟く。誰にも聞かれないだろうと思っていた言葉は、だが傍(そば)に控えていたバルトルトには届いていたらしい。

彼も大きく頷くと、窓辺で重臣たちに囲まれて歓談しているルイーゼの方を見た。

重臣たちと一通りの挨拶が済んだ後のことである。

「これから頼りにすることも多くなるでしょうし、少しお話をさせていただきたいのですが」

というルイーゼの言葉にうなずいたエーレンフリートは、その様子を少し離れた場所から見ていた。

笑顔で受け答えする彼女には、変に気負ったところがなく自然体に見える。おっとりとした外見どおり、どちらかといえば聞き役に回っているようだ。簡単なようで、聞き役に徹するのは案外難しい。それをエーレンフリートはよく知っていた。

「まあ、線は細いし儚げな方のように見えましたけれど、随分しっかりされていますね」

「引きこもっていたというのが嘘のような社交上手じゃないか」

もともと、エーレンフリートとしては一通りの挨拶を終えたら退出させてもいいと思っていた。アドリーヌの時にも、公務こそはしないが重臣たちと顔くらい合わせておいた方がいいだろう、と彼女が十五の時に同じような席を設けたものだ。だが、やはり城の奥で甘やかされて育ってしまったせいか、エーレンフリートの陰に隠れるばかりで早々に退出させる羽目になった。

ルイーゼは既に成人どころか二十を超えているので、公務は免除にはならない。それでも、たった半年の準備期間で娶った妻であるから、心の準備が充分でないかもしれない、という不安はあった。

しかも、ルイーゼは『クラッセン家の引きこもり姫』として有名だった女性だ。

社交面には大いに不安があった。

実を言えば、エーレンフリートにとってその辺りはどうでもいいといえばどうでもよかった。これまでだって、皇妃なしに全ての社交や公務をこなしてきた彼である。

ルイーゼのことも、本来ならばただの『お飾り皇妃』として置いておくつもりだったのだ。

最低限の仕事をしてくれて、なおかつ逃げ出さなければそれでいい。なんなら、必要な時に黙って隣に座っているだけでも充分だ。

そんな風に思っていたはずだったのだが――

「まあ、腐ってもクラッセン侯爵家のご令嬢ですからね……もともと顔見知りの人間も多いようですよ。たしか、財務大臣はクラッセン侯爵の友人だったはずですし」

「……そうなのか？」

それから、いくつかの有力貴族との交流もあるようだ、と示唆(しさ)されてエーレンフリートは唸(うな)った。

なるほど、どうやら議会も単に年齢や爵位だけでルイーゼを推薦してきたわけではないようだ。

――ますます、逃がしたくないな……

皇妃に必要なものを、ルイーゼは既に持っている。思慮深さと思いやり、そして時に相手を選ばず自分の意見をためらわず口にする大胆さ。更に、人脈とそれを活(い)かせる社交技術だ。

――反省しなければならないな。

エーレンフリートは過去を振り返る。

八歳のアドリーヌを幼いからと甘やかし、そしてその気分が抜けないままに成長させてしまったのは自分だ。きちんと教育を施し、せめて思慮深さを身につけさせていれば、あのようなことにはならなかった。

父が病に倒れ、母がそれを嘆いてばかりいた時期、十八歳の世間知らずの青年だったエーレンフリートには荷が重い話ではある。が、周囲に助けを求めればよかったはずだ。

それができなかった当時の自分を顧みて、エーレンフリートは重いため息をもらした。

――すべての責をアドリーヌに押し付けていたが、俺にも責められるべき部分がある。

当時は裏切られたというショックに目がくらみ、何も見えていなかったのだ。

お互いをよく見れば、話をしていれば、もっと見えたものがあっただろう。

もう一度、エーレンフリートはルイーゼの姿を見る。そして、傍らのバルトルトに囁いた。

「よく見て、話をしろ、か」

「なんです、急に」

訝し気な表情を浮かべたバルトルトに、苦笑を返す。

「いや……俺は結構大切なことを見落として生きてきたんだな、と気付いただけだ」

「へえ」

わかったようなわからないような生返事をして肩をすくめた側近の背を叩くと、エーレンフリートは笑みを浮かべ、皇妃を取り囲む重臣たちのもとへと歩いて行った。

「さあ、そろそろいいだろう。ルイーゼ、こちらへ」

「陛下」

ちょうど話に一区切りついたところで声をかけると、笑顔を浮かべたルイーゼがエーレンフリートを振り返った。

その手を軽く取って引き寄せると、ルイーゼの頬がわずかに薄紅色に染まる。その視線が一瞬だけ伏せられたのを見て、エーレンフリートは内心首を傾げた。

周囲の重臣たちを顧みれば、彼らは一様に笑みを浮かべ、そんな皇帝と皇妃の姿を見つめている。

「なんだ、気持ち悪いな」

「いえいえ、お二人とも仲睦まじくしていらっしゃるようで、臣らといたしましては安心しているだけでございます」

そう口にしたのは、騎士団総帥を務めるベンヤミン・デーメルだ。一同の中でもっとも年かさで今年五十五を超えたはずだが、鍛え上げた体つきは衰えを見せていない。現役を退いて全体を統括する任に着いた今でも、鍛錬は欠かさないという。

代々優秀な騎士を輩出することで有名なデーメル伯爵家の当主だが、武門の家にありがちな粗野な部分を持つ男でもあった。

「そうか」

「この分であれば、お子に恵まれるのもすぐではないかと期待して……」

そのデーメルが続けた言葉に、エーレンフリートはげんなりとした。なるほど、ルイーゼはこうした期待を寄せられる立場でもあるのだ。

だが、こうもあからさまに言われては、彼女が恥ずかしがるのも道理だろう。自分も通った道だが、男ばかりの騎士団にいるとこうしたデリケートな話題に無遠慮になりがちなのだ。

——問題なさそうだからといって、一人にしておいて悪かったな……

ますます頬を赤くするルイーゼの肩をいたわりを込めて撫でると、エーレンフリートはデーメルに向き直った。

「まだ結婚して一週間だぞ。これから仲睦まじくやっていきたいと思ってはいるが、子のことは天の配剤だ。口出ししないように」

「は、これは失礼を……」

エーレンフリートのきつい物言いに、デーメルは顔色をなくして頭を下げる。とりなすように間に入ったのは、この中ではまだ若いほうに分類されるドレッセル外務大臣であった。

「まあ、デーメル総帥は陛下のことをずっと心配しておられましたから……。行きすぎましたが、どうぞご容赦を」

そう言われると、エーレンフリートもこれ以上は言いづらい。何せ、エーレンフリートが騎士団に放り込まれた当時、教官を務めたのはほかでもないデーメルなのである。

我が子のように面倒を見てくれたことを思い出し、エーレンフリートの口ぶりも少しだけ柔らかなものに変わった。

「……わかった。だが、この件に関しては他のものも口を慎むように」

「承知いたしました」

周囲の重臣たちが一斉に頭を下げる。それを眺めながら、エーレンフリートはひっそりとため息をもらした。

――子どもか……

ちらり、とまだ隣で頬を染め、俯(うつむ)いたルイーゼを見る。子どもも何も、まずはその前の段階で躓(つまず)いていると知ったら、重臣たちはどんな顔をするだろう。

しかし……

――欲しいな、子ども……

ルイーゼの子だったら、きっとかわいいに違いない。俯(うつむ)く彼女の横顔を見て微笑を浮かべるエーレンフリートの心情を察知したのか、バルトルトが苦笑いを浮かべて皇帝夫妻を見つめていた。

午後になると、ルイーゼは女性だけのお茶会へ出席するため、皇城の表にある中庭園へと向かうことになっている。

これは主に皇妃や重臣たちの夫人がお茶会を開くために使用する場所だ。他に大規模なガーテンパーティーを行うための大庭園や、少人数用の小庭園がある。

今回は重臣たちの夫人に皇妃を紹介するためのお茶会であるので、エーレンフリートの出番はその庭園へ彼女をエスコートすること、それと最初の挨拶だけであった。

「心配だな……」

「まあ、私が何か仕出(しで)かすとお思いなのですか？」

昼食をはさんで少し落ち着いたのか、ルイーゼがくすくすと笑いながらエーレンフリートの言葉に答える。朝食はやはりほとんど食べなかった彼女だが、昼食はそれが幻のような健啖ぶりを見せていた。やはり足りなかったのだろう、というエーレンフリートの視線に気付いたのか、軽く首をすくめたのはかわいらしかったな、と思う。

にやけそうな顔を無理矢理引き締めたところで、やはり昼食を共にしたバルトルトが呆れたような顔をしていたが、今は放っておくことにした。

「いや、そういうわけではないんだが」

先程のような話題は、女性同士だとどうなのだろう。これまで必要以上には女性とかかわらないようにしてきたエーレンフリートにはその辺りのことはわからない。

だが、男性同士であればもっと下品な話題が飛び交うこともあるのだ。同性しかいない場、というのはどうしてああもえげつない話題ばかりが取り沙汰されるのだろうか。

はあ、とエーレンフリートは大きくため息をもらした。どういう話題が出るのかわからないだけに心配なのだ。

それを見たルイーゼが、また口元に微笑を浮かべる。

「ご心配くださってるのですね。ありがとうございます。でも……そうですね、先程は不意打ちでしたけれど、今回は心構えがありますから」

どうやら、意外にも気丈な性質らしい。いや、意外でもないか、とエーレンフリートは彼女の顔を見る。

おっとりと微笑む姿からはあまり想像できないが、言うべきことは言う。ただ、予想外の出来事には少しばかり弱いようだ。その辺は、傍(そば)にいれば自分がフォローできるのだが……

今回はそうはいかない。む、と顔をしかめたエーレンフリートの表情を見て、ルイーゼがまた笑う。

——かわいい。

夫人たちに妙なことを言われて嫌気がさしたりしなければいいのだが。

そんなことを思いながら、エーレンフリートはしぶしぶ腕を差し出した。はにかみながらその腕を取るルイーゼはやはりかわいい。

「妙な話をする者がいたら、あとで教えるんだぞ」

「もう、陛下……私、子どもじゃないのですから」

軽く睨(にら)まれたが、全く怖くない。かわいい。

頭の中がポンコツになった皇帝は、バルトルトの存在を忘れてにやにやとルイーゼのそんな表情を見つめていた。


「まあ……陛下、お忘れでしょうけど」

「ん、バルトルト、いたのか」

ルイーゼを中庭園まで送り届け、夫人たちに挨拶をしてその場を後にしたエーレンフリートは、背後からの声に振り返った。

苦虫を噛みつぶしたような顔が、こちらを見ている。あ、と声を上げると、バルトルトが苦笑をもらした。

「やっぱり私の存在を忘れていたでしょう。あの場に母がいたことには？」

「俺はそこまで薄情じゃないぞ」

バルトルトの母は、エーレンフリートにとって乳母にあたる。さすがに自分を育ててくれた人間の顔を忘れるほど薄情者ではない。

ただ、ちょっとそれがバルトルトにとっての母だということを忘れただけである。

「先程、昼食の前に母に会いましたので……一応、今回はその、お子に関する話題は出さないよう釘を刺してはおきました。まあ、みな貴族の夫人ですからね。子どもの問題には敏感です。いきなりそこまで踏み込むような方はいないだろうと申しておりましたが」

「お、さすが我が側近は有能だな」

「恐れ入ります。――父にも言っておけばよかったのですが……」

「いや、仕方あるまい。あんな話題がもう出るとは思わなかった」

ため息をついたエーレンフリートに、バルトルトは苦笑を返す。

「いやあ……ふつう出ますよ……だって陛下、あなたもうじき三十ですよ」

「お前もな」

「同じ年齢ですからね。……そうじゃなくて、ほんっとに考えてなかったんですか、お世継ぎのこと」

言われて、エーレンフリートはぐっと言葉に詰まった。

実を言えば、結婚を再びするという気が全くなかったエーレンフリートは、当然これまで自分の子どもについて考えたことがない。初めてそれを意識したのがつい先程、という体(てい)たらくなのである。

「陛下には兄弟がいらっしゃいませんからね……どうしたって、結婚すれば次は、となるのが臣下の正直な気持ちですよ」

「そういうものか……」

エーレンフリートは立ち止まると、腕組みをしてうーんと唸(うな)り声をあげた。

この問題は、ルイーゼだけの肩に乗せられない。エーレンフリートもまた当事者だ。だが、実際にいろいろと言われるのがルイーゼであることは、先程の経緯からも容易に察することができる。

——もういっそ、子どもができてしまえばいいのでは？

そうすれば、ルイーゼが去ることはなくなるだろう。

ちらりと過(よぎ)った考えを見透(みす)かしたかのように、バルトルトはぽんとエーレンフリートの肩をたたいた。

「……顔に出すぎですよ、陛下」

「ん……」

「いやまあ、わかりますけど……」

嫡子(ちゃくし)を産んだ皇妃となれば、まあルイーゼの逃げ道は断たれるだろう。だが、エーレンフリートはきっとそれで満足はできないはずだ、とバルトルトは思う。

「いやまあ、臣下としては別にいいんですけどね、それでも」

ぼそりとこぼされた言葉に、エーレンフリートが短く息をつく。

バルトルトが何を考えたのか、エーレンフリートにもわかっていた。子どもができれば、確かにルイーゼが自分のもとから去ることはなくなる。だが、あくまでそれは義務としてだ。

彼女に会う前のエーレンフリートならば、それはそれで良しとしただろう。お飾りの皇妃、それで充分だったはずだ。嫡子(ちゃくし)を産んだ後という条件にはなるが、いわゆる貴族の恋のお遊びだって許しただろう。

だが、今のエーレンフリートはそれだけでは到底満足できない。

義務や責任感だけではなく、隣にいてほしい。ずっとそばから離れないという安心感が欲しい。

――ほかの誰にも渡したくない。

ルイーゼが他の男の手を取る――いや、気持ちを移すだけでも耐えられそうにない。

どろどろとした執着だけが着々と育ってゆく。

感情に支配されて昏(くら)い目をしたエーレンフリートを眺めて、バルトルトが小さく息をついた。

第六章　皇帝は嵐を予感する

「それにしても、よい皇妃陛下を迎えられて安心いたしました」

政務の途中、めったなことでは私語を挟まないアイヒホルン内務大臣の言葉に、エーレンフリートは目を瞬かせた。

ルイーゼが公務に出るようになって、約二週間ほど経った日のことである。

この日の議題は、グラファーテ帝国で年末に行われる「冬花の祭」についてだ。一年を無事に過ごせたことを祝い、翌年の繁栄を祈る祭事として、毎年行われている。

帝国各地で同じ祭りが行われるが、帝都ではひと際華やかに祭典が催され皇帝夫妻が大教会へと出向き、祈りを捧げることで、今年一年の感謝を示すのだ。

まだ二カ月ほど先の話だが、既に準備は始まっていた。今日も、アイヒホルンが皇帝の執務室を訪れたのは、その計画書の変更箇所に裁可を依頼するためである。

「なんだ、突然」

「いえ……ここのところ、皇妃陛下のお仕事ぶりは目をみはるほどで。随分と熱心に取り組まれている、と担当部署の者が話しておりました」

冬花の祭の計画書に目を落とすふりをしながら、精いっぱいのさりげなさを装ってそう聞いたエーレンフリートだったが、ルイーゼを褒められると悪い気がしない。それが自然と顔に出てしまうのだろう、口元が少し緩み、慌ててそれを誤魔化すように咳払いをした。

「……どうも、根を詰めすぎのような気もするが」

「さようでございますなあ……。ただ、やはりこれまでよりも細やかなところにご配慮くださって、大変助かると」

「そうか……」

皇妃であるルイーゼの主な公務は、いわゆる福祉関連だ。孤児院への慰問や救護院への見舞い、それに合わせて各院の運営状況の確認やその手助けなどを主に取り仕切ることになる。

公務が始まって以来、やはり疲れているのだろう。寝室にエーレンフリートが向かう頃には、ソファの上でうとうととしている姿を多く見るようになっていた。

そんな調子であるから、エーレンフリートとしては、優しく寝台へ促して寝かせてやる他には何もできずにいる。

――尽力してくれるのは嬉しいが、これでは二人の時間が持てないな。

エーレンフリートが密かにそれを嘆いていることは、バルトルトと二人だけの秘密である。

少しばかり愚痴っぽく話したばかりの内容であったので、エーレンフリートは嬉しいながらも少しばかり後ろめたい気分であった。

「……しばらくすると、今度はこの冬花の祭で忙しくなる。少しばかり仕事を調整するように担当部署に言っておいてくれ」

「は、申し訳ございません。福祉関連は滞っていた案件も多く、皇妃陛下にはかなりご負担がかかっているかもしれません……どうか陛下からも、皇妃陛下にお声掛けくださいますようお願いいたします」

計画の変更案に「決」の印を押し、サインをすると、エーレンフリートはそれをアイヒホルンに渡した。それと同時に、少しルイーゼの仕事量を調整するように言えば、そう言葉が返ってくる。

なるべく重々しく頷いて見せると、アイヒホルンは息子とよく似た笑みを浮かべ、エーレンフリートに一礼して執務室を出ていった。

「……いやあ……皇妃陛下は大変真面目な方でいらっしゃいますな」

退出していくアイヒホルンの姿が扉の向こうへ消えると、バルトルトは片眉をあげ、少しばかりからかい混じりの口調で言う。エーレンフリートは目頭を揉みながらそれに答えた。

「こちらで取りこぼした分にもかなり気を配ってくれているようだからな。だが……」

「はいはい、それはもう聞きましたって……」

実際、ルイーゼがこうして公務に勤勉に取り組んでくれるおかげで、エーレンフリートはかなり楽になった。皇妃の裁量でまかなえるものは、ルイーゼがきちんと取りまとめて裁可をくだしてくれている。

「この祭りが終われば、年末年始は短いですが一応お休みがありますから」

「そうなんだがな」

はあ、とため息をもらすエーレンフリートの視線が、自身の膝へと向かう。そこには、ルイーゼが編んでくれたひざ掛けがかけられていた。

比較的暖かい日でも手放さないので、侍従が妙な表情を浮かべていたことを思い出す。

「あの茶会以来、まともに話をできてないんだ」

「聞きましたって」

バルトルトのにべもない返事に、エーレンフリートは唇を尖らせる。だが、それを綺麗に無視したバルトルトが次の書類を差し出すと、しぶしぶながらそれに目を通し始めた。

◇

ほんわりと柔らかな明かりが灯されたことに気付いて、ルイーゼは顔を上げた。窓の外を見ると、既に薄暮の時間帯だ。紺色に染まった空の下に、まだほんのりと橙色が伸びていて、その日最後の太陽の光を地上に送っている。見上げれば、空には一番星が明るく輝いていた。

それを見て、ルイーゼはほうっと息をつく。

「皇妃陛下、そろそろ終わりになさっては？」

「うーん……もう少し、キリのいいところまで片付けておきたいのだけれど……もうじき夕食の時間ね」

んん、と大きく伸びをして、ルイーゼは手元の書類を片付けた。すべて箱に仕舞うと、それをベティーナが棚に戻してくれる。

二週間前に皇妃として仕事を始めてから、ベティーナは頼りになる補佐役だ。聞けば、結婚もしたくない、実家を頼りにもしたくない、という一心で、最初から皇妃付きを狙って関連部署の手伝いなどもしていたらしい。若いのにしっかりしているな、と感心するとともに、彼女の事情も気になったりもする。

それはさておき、お陰でルイーゼは最初から滞りなく仕事を進められているので、大変助かっていた。

「皇妃陛下は大変勤勉でいらっしゃる、と担当官が感心しておりましたよ。このままならば、予定通りに孤児院の視察にも行けそうです」

「そう、それならよかったわ……ベティーナがよく助けてくれるお陰ね、ありがとう」

にっこりと微笑むと、ベティーナはわずかに頬を染めた。

「ありがたいお言葉、いたみいります」

さあ、と促されてルイーゼは膝の上にかけていたひざ掛けをとると、席を立った。このひざ掛けは、イングリットが編んでくれたものだ。

ルイーゼから遅れること一週間、初めての作品を仕上げた彼女が「ぜひ」と贈ってくれたものである。

いくつか目が飛んでいるが、そこはそれ。初めてにしては上出来だ。

それを他でもない自分に贈ってくれたことで、ルイーゼは城の中で自分が――少なくとも、傍についている女官たちには受け入れられているのだ、と感じてほっとしたのを覚えている。

丁寧にそれをたたんで椅子の上に置くと、ルイーゼは執務室を後にした。

夕食の前には、一度着替えをせねばならない。自室へと戻ったルイーゼを迎えたのは、イングリットと他に二名ほどの女官たちである。

「さ、皇妃陛下、こちらへ」

この二週間で、すっかりこの手順にも慣れてしまった。流れるようにドレスを着替えさせられ、髪を直される。

仕上げに少しばかり化粧直しをされれば、夕食の場にふさわしい姿のルイーゼが、鏡の中に映っていた。

――ここまでは、毎日順調なのだけれど……

満足げにルイーゼを見ている女官たちに礼を言って、再び鏡に視線を戻す。

最近、夕食の場でもエーレンフリートとはそこそこ会話が弾むようになってきてはいる。だが、問題はその先だ。

湯を浴びて、寝支度を整える頃になると疲れが出てしまうのか、最近は寝室でエーレンフリートが来るのを待っている間にうとうとしてしまうのだ。

そうすると、それに気付いたエーレンフリートが「早めに休もう」と言って、寝台へ連れて行ってくれる。

――もう少し、お話をしたいのに……

夕食の場では、給仕も側にいるため、あまり踏み込んだ話はできない。少なくとも、ルイーゼが話したい内容は、他に誰もいないところでしたいものだ。

――このままでは、いけないのよね……

女官たちに笑顔を返しながら、ルイーゼは心の中でひっそりとため息をもらした。

ルイーゼがこの悩みを抱え始めたのは、皇妃としての公務を始めた日――つまり、重臣たちとの顔合わせからである。

――陛下は、私と「仲睦まじくやっていきたい」と仰ってくださったけど、子どものことについて、本当はどうお考えなのかしら。

改めて重臣たちから期待を寄せられ、ルイーゼはそのことについて意識せざるを得なかった。結婚した時には、エーレンフリートは女性不信であるし、そういったことは考えていないかも、と思っていたのだが……

それでも、必要なことではある、とルイーゼ自身は覚悟を決めていたつもりではあった。

エーレンフリートはあの場では「天の配剤であるから」と、ルイーゼに過度な期待を寄せすぎないように重臣たちに言ってくれた。だが、本人がどう思っているのか、本当のところは聞けていない。

――だけど……

ルイーゼは、自らの唇にそっと触れると、わずかに頬を染めた。

夜ごと、エーレンフリートは唇に触れるだけのキスを贈ってくれる。その時の彼の顔は、本人が意図しているかどうかはわからないが、とても優しい。

だが、ルイーゼが今思い出しているのはそのキスではなかった。

婚姻式典の時、そして二日目の夜にエーレンフリートから受けた、情熱的なキス。

それを思い出すと、ルイーゼの胸はどきどきと早鐘を打ち始める。

――もしかしたら、陛下はもう子作りをなさりたいとお考えなのかもしれないけれど……

既婚の友人たちからの聞きかじりの知識だが、あれは子を作るための前段階のようなものだ。最初は不安だけど、そのうち怖くはなくなるわ、と話していたのは誰だっただろうか。

友人たちの顔を思い浮かべてから、ルイーゼは頭を振った。それが誰だったかは今はどうでもいいことだ。問題は、ルイーゼの心の中にあった。

――怖い。

それが、今のルイーゼの偽らざる本音だ。

エーレンフリートの噂だけを聞いていた頃とは違い、間近で見る彼は想像とは少し違っている。

不器用ながらも優しくしてくれるエーレンフリートに接しているうちに、ルイーゼは次第に不思議な離れがたさを感じるようになっていた。

――もし、陛下がお望みなのがお世継ぎだけだったら……

それを考えると、ルイーゼの心にひゅうっと冷たい風が吹く。

――そんな夫婦、たくさんいるわ……。でも……

もう一度強く首を振って、ルイーゼは必死にその考えを頭から追い出そうとした。

「皇妃陛下、どうかなさいましたか……？」

イングリットに声をかけられて、ルイーゼははっと我に返る。慌てて振り向くと、彼女が心配そうな表情を浮かべてこちらを見ていた。

鏡を見つめたまま動かないルイーゼに、何か不備でもあったのかと思ったのだろう。

「ううん、なんでもないの……ごめんなさい」

「いえ、その……少し、お顔の色が優(すぐ)れないようにお見受けいたしましたので、もしかしてお疲れなのでは……？」

言われて、ルイーゼは再び鏡の中の自分の顔を見た。どうやら、考え事が顔に出てしまっていたらしい。

イングリットはそれを心配して声をかけてくれたようだ。

「ありがとう、大丈夫よ」

鏡に向かってどうにか微笑みを作ると、イングリットは少しだけほっとしたように頷（うなず）いた。

「どうか、ご無理をなさいませんよう。皇妃陛下は少し働きすぎでいらっしゃいます。休憩時間だけは確保なさってくださいね」

食堂に向かうために扉を開きながら、イングリットが言う。それに頷（うなず）きを返しながら、ルイーゼは心の中で呟いた。

――でも、少しでも陛下によく思っていただきたいのだもの……

信頼される皇妃になって、エーレンフリートと円満な夫婦関係を築きたい。愛はなくても、信頼で結ばれた夫婦になりたい。

そう改めて思いながらも、ルイーゼは少しだけ自分に嘘をついていることを感じていた。

食堂には、今日はルイーゼの方が早く着いた。そわそわしながらエーレンフリートを待っていると、余計な考えが頭に浮かんでしまう。

やがて姿を見せたエーレンフリートも、ルイーゼの様子がおかしいことに気付いたらしい。訝（いぶか）しげな表情を浮かべ、席に着く。

最近は、二人だけの時にはテーブルの端と端ではなく、エーレンフリートの右前がルイーゼの定位置だ。

あまりにも顔色が悪かったのだろう。顔の左側に彼の視線を感じてしまい、心が騒めく。

「……どうかしたか？　何か心配事か……？」

「あ、いえ、その……あ、孤児院への視察のことを考えていて……」

食が進まないルイーゼを見かねたのか、とうとうエーレンフリートがそう問いかけてくる。反射的に誤魔化して、ルイーゼの心がずきりと痛んだ。

——嘘を、ついてしまったわ……

『俺は、嘘が嫌いだ』

そう言っていたエーレンフリートの声を思い出して、ルイーゼの指先が震える。

「そうか、そういえば、アイヒホルンが言っていたな」

「え……？」

アイヒホルン、というのは内務大臣のことだろう。確か、側近のバルトルトの父親であるはずだ。思いがけない名前が出て、ルイーゼは目を瞬かせた。

「ルイーゼは本当に良くやってくれている、担当部署からも随分感謝されているようだと」

「ま、まあ……そのように？　まだまだ勉強しながらどうにか、というところですのに……」

褒められれば悪い気はしないのが人間というものだ。ルイーゼも、そう聞かされて少しばかり気分が浮上する。

その様子を見て、エーレンフリートが目を細めた。

「俺も、ルイーゼのおかげでかなり助かっている。だが……少し、根を詰めすぎではないか？　このところ、だいぶ疲れているように見えるし、今日もあまり食べていないようだ」

「いえ、今日は少し体調が良くないだけかもしれません……」

――また、嘘をついてしまった。

せっかくエーレンフリートが褒めてくれたのに、一つ嘘をつくと連鎖的に嘘をつき続けることになってしまう。

だが、彼はルイーゼの言葉を額面通りに信じたようだった。

「そうなのか……？　今夜は、その……一人で休むか？」

そう思いやってくれる心遣いに、ルイーゼの胸が痛みとときめきを同時に覚える。ぎゅっと掴まれたように心臓が痛い。

――ううん、傍にいてほしい。

反射的に首を振ったルイーゼに、エーレンフリートはほっと息をもらしたようだった。

「そうか、でも今日は早めに休もう。先に寝台に入っていてくれていいから」

「……ありがとう、ございます」

どうにかそれだけを絞り出すように答えて、ルイーゼは力なく笑みを浮かべた。

いつもより短めの湯浴みを終えたルイーゼは、重い身体をひきずるように寝室へと向かう。

エーレンフリートに嘘をついた罪悪感が、まるで足枷でもつけられたかのようにずっしりと重たくまとわりついていた。

——謝らなくては……でも、それで何を考えていたのかと聞かれたら、私はなんて答えればいいの……？

自分でもまとまらない考えを、どう話せばいいのかわからない。ふらふらと寝台へと向かい、ルイーゼはそこに倒れ込んだ。

なんだか、どっと疲れが出てきたような気がする。

目を閉じると、あっという間に睡魔に襲われて、ルイーゼはうとうとと眠り始めてしまった。

意識の端っこで、扉の開閉音と忍ばせた足音が近づいてくるのを感じるが、もう目が開かない。

ふわ、と抱き上げられたような感触がして、それからすぐに柔らかな肌触りのシーツの感触がやってくる。

「……ゆっくりお休み、ルイーゼ」

唇にほのかに暖かい感触。そして、誰かの暖かな体温に包み込まれたのを感じる。

「ごめんなさい……」

そう呟いたのを最後に、ルイーゼの意識は優しい暗闇の中へと落ちていった。

◇

エーレンフリートは動揺していた。

――何を謝る……？

ルイーゼの様子がどうもおかしい、と感じたのは夕食の席でのことだ。あまりにも顔色が悪いので、やはり疲れているのか、それとも心配事でも……と思い尋ねてみたのだが、どうにもはっきりしない答えが返ってきただけだった。

アイヒホルンが褒めていたことを伝えても、顔色は晴れない。心配になり、いつもよりも早めに寝室へ向かうことにしたエーレンフリートがそこで見たのは、寝台の上に倒れ込んでいるルイーゼの姿だった。

――肝が冷えたな。

真摯（しんし）に仕事に取り組んでくれるのは嬉しいが、倒れそうになるほど、いや倒れるまで無理をしてほしいとは思っていない。慌てて駆け寄って抱き起こしたところ、呼吸は普通でただ寝ているだけだ、と気が付いた時には身体から一瞬力が抜けた。

とにかく、この冷える時期に上掛（うわが）けもかけずに眠ってしまっては、ますます身体に堪（こた）えるだろう。そう思って抱き上げてそっと寝かせてやると、ルイーゼの目がうっすらと開いた。ぼんやりとした瞳が、エーレンフリートの姿をとらえる。

「ゆっくりお休み、ルイーゼ」

そう言ってやると、かすかな頷（うなず）きの後、ゆっくりと紫の瞳が閉じた。

乱れた銀の髪を払い、すでに習慣となったキスを落とす。触れた身体の冷たさに驚いて暖めてやろうと抱き寄せると、エーレンフリートの胸元にルイーゼの頭がそっと寄せられた。

——明日は、ゆっくり休ませよう……。顔色が悪すぎる。アイヒホルンの言ったとおりだ……抱きしめた身体からは、やはりいつものように甘い香りがする。だが、この細さはどうしたことか。二週間前よりもずっと痩せてしまっているように、エーレンフリートには思えた。

——どうして、そんなになるまで……

そういえばここのところ、やはり食が細かったような気がする。最近、昼食は一緒にしていなかったので気付かなかったが、あまり食べていないのではないだろうか。

——何か、悩んでいるのではないのか……？　なぜ、教えてくれない……？　俺が、頼りないからか……？

いくつもの疑問が頭の中を巡る。その青白い寝顔を覗き込むと、もう一度ルイーゼがうっすらと目を開けた。

「ごめんなさい……」

ぽろ、と目尻から涙をこぼしたルイーゼが、か細い声でそうもらす。その言葉に、エーレンフリートは言い知れぬ打撃を受けた。

「な……？」

——何を、謝ることがある？

ルイーゼがよくやってくれていることは、城の中でもほとんどの人間が認めているだろう。なんなら、もう少し手を抜いたとしても誰からも文句が出ないほど、ルイーゼの働きぶりは優秀だ。

——いや、仕事のことではないのか？　だとしたら一体なんだ……？

ここへきて、エーレンフリートは自分がいかにルイーゼのことを知らないのかを思い知った。

「んん……」

身じろぎしたルイーゼの顔を覗き込むと、眉間にしわが寄り、何かを堪えるような顔をしている。エーレンフリートはそっとその眉間に手を伸ばすと、起こさないよう優しくそのしわを伸ばしてやった。

「何を、悩んでいる……?」

その問いに答えは返ってこない。エーレンフリートはルイーゼの細い体を抱きしめると、一晩中まんじりともせずに彼女の顔を眺めていた。


その翌朝のことである。エーレンフリートは明け方にそっと寝台を抜け出した。ルイーゼがよく眠っていること、その顔色がだいぶ良くなっていることを確認して、ほっと息をもらす。

ルイーゼの私室に繋がる扉を開いてベルを鳴らすと、控えの間にいたイングリットが姿を現した。

「お呼びでしょうか」

皇妃付きに選ばれただけあって、ルイーゼではなくエーレンフリートが姿を見せても驚いた顔一つしない。ん、と頷くと、エーレンフリートはイングリットに「今日はルイーゼを起こさないように」と告げた。

「どうも、最近疲れ気味のようだ。今日は休ませてやってくれ。……本人が公務に出る、と言ったら、私の命令だと伝えるといい」

「かしこまりました」

深く頭を下げた彼女の表情は、エーレンフリートには窺（うかが）うことができない。だが、皇妃付き女官である彼女が何の疑問も挟（はさ）まずにおとなしく従ったということは、やはり最近のルイーゼの様子に気が付いているのだろう。

片手を振って下がらせると、エーレンフリートは深いため息をもらして顔を覆（おお）う。

「ルイーゼ……」

ルイーゼの悩みの原因はなんなのか、もしかしたらイングリットは知っているかもしれない。話せ、とエーレンフリートが命じれば、おそらく彼女は話しただろう。

だが、エーレンフリートはルイーゼの口から話してほしかった。

——俺に、隠し事をしないでくれ……

じわじわと胸に黒い靄（もや）が現れる。

——俺だって話せないことがあるのに、勝手だな……

頭を振ってその靄（もや）を追い払おうと、エーレンフリートは努力した。だが、考えれば考えるほど、それは恐ろしい未来予想図を伴（ともな）って、広がっていく。

じっと顔を覆（おお）ったまま、エーレンフリートはしばらくその場から動けずにいた。

「陛下、どうなさったんです……酷（ひど）い顔ですよ」

「……俺の顔が酷（ひど）い、と言えるのはお前くらいだろうな……」

執務室に顔を出したバルトルトに開口一番そう言われて、エーレンフリートはじろりと彼の顔を睨みつけた。だが、いつものようにバルトルトは意に介することなく自分の席に着く。

既に彼の机には、それぞれの部署の担当官から運ばれた書類が山になっている。いつもの光景だ。

その中からひょい、と一番上の書類を手に取って、バルトルトが首を傾げた。

「あれ、孤児院視察の計画書……？」

「もうできているのか」

エーレンフリートは立ち上がると、バルトルトの手からそれを取り上げた。予定の日付は一週間後になっている。

――これは、ずらせないか……

既に人員配置からルート確保まで、全てルイーゼの承認で準備が進められており、この書類はエーレンフリートの最終裁可のために持ってこられたものらしい。

いきなり中止になれば、いろいろと不都合が生じそうだ。

「なあ、バルトルト……これ、俺も行けないか」

「はあ……？　また珍しいこと言い出しますね。いつです？」

「一週間後」

エーレンフリートの答えを聞いて、バルトルトは渋い顔になった。立ち上がってエーレンフリートから書類を取り返すと、素早くそれに視線を走らせる。

「ううーん……これ、帝都の端ですよね……。この日程だとちょっと難しいかな。どうかしたんですか、この孤児院に何か不審なところでも……？」

「いや……そうじゃないんだが」

関心がないわけではなかったが、これまでエーレンフリートが直に孤児院を訪れたのは皇太子時代が最後だ。皇帝が直接訪問するとなると、警備はその倍ほど準備せねばならなくなるため、そうそう実行できるものではなくなる。また、迎える側にも相応の負担をかけることになってしまう。

それを押してまでエーレンフリートが向かおうというのなら、バルトルトでなくても何かあると思うだろう。

「ルイーゼは少し……調子を崩しているようだ」

「皇妃陛下が？　まあ、父も言ってましたけど……ちょっと頑張りすぎていらっしゃいましたもんね」

ああ、とエーレンフリートは頷いた。

「あ、それが心配でそんな酷い顔をなさってたんですか」

「……それもある」

渋い顔で頷いたエーレンフリートに、バルトルトが苦笑を浮かべた。

「まぁたなんかあったんですか？」

「また、とはなんだ……」

「もうさ、言っちゃったらいいと思うんですよねえ、私は」

——それができれば苦労などない。

実際に口にするには情けない言葉であることはわかっている。エーレンフリートはそう心の中で呟くと、席に戻って椅子の背もたれに身体を預けた。

ルイーゼの顔色は、翌日にはすっかり元に戻り、表面的には体調も良くなったかのように見えた。公務にも復帰し、きちんと休憩を取りながら務（つと）めを果たしている。

だが、エーレンフリートとルイーゼの間には、うっすらと見えない壁ができたかのようなぎこちなさがあった。

「陛下、イライラしすぎですよ」

「うるさい」

不機嫌な低音を耳にして肩をすくめたバルトルトを横目に、新しく積まれた書類を手に取ると、エーレンフリートは眉間（みけん）にしわを寄せてそれを読み始めた。

今はやはり、年末に向けた冬花（とうか）の祭に伴（ともな）う式典に関する決め事が多い。今年はエーレンフリートが即位してから初めて皇帝夫妻が揃って教会に向かうということで、調整が必要な箇所がいくつもあった。

何枚もの書類に次々と決裁をくだし、まだ調整の必要なものは差し戻しの準備をする。しばらく忙しく目と手を働かせていたエーレンフリートは、手にした用紙を見てその動きを止めた。

「ん、これは……」

「あ、それ、国境騎士団からの報告書ですよね」

冬花（とうか）の祭はグラファーテ帝国各地で行われるが、帝都で行われる式典は国外からの見物客も多い。

すでに国内に入り、のんびり観光しながら帝都を目指してくる観光客も少なくなかった。

先日の不審人物の件もあり、国境ではそれとなく警備が強化されている。だが、観光を主な産業とする地方ではすべてを把握するのは難しい。

森の中の捜索も行われたが、一カ月近く経った今、発見できたのは森の中の狩猟小屋に何者かが侵入した形跡だけだという。

「観光客に紛(まぎ)れて、すでに他の地方に移動した可能性が高いか……」

足取りを追ってはいるが、付近で珍しい客といえば、顔を隠した女とその使用人らしき男女の三人連れくらいのものらしい。ただ、時期は早いが、お忍びで観光地巡りをする貴人がいないわけではないので、特定は難しいとのことだった。

ロシェンナ王国側でこそこそとしていた近衛(このえ)騎士の方は、バルベ子爵が王都へ向かった翌日には姿を消していたという。

国王は素知らぬ顔でバルベ子爵を歓待しているとの報告が来ていた。

「……女か……」

報告書を読んだエーレンフリートの眉間(みけん)のしわが深くなる。その表情を見たバルトルトは、ため息交(ま)じりに口を開いた。

「その女、怪しい……と言い出すつもりでしょう」

「実際怪しいだろうが」

「ま、そうなんですけど」

立ち上がったバルトルトが、エーレンフリートの手から報告書を引き抜いた。改めてそれを読みながら、件（くだん）の三人連れについての箇所を指で辿（たど）る。

最後にそれをピシリと弾（はじ）くと、バルトルトはそれを机に置いてエーレンフリートの顔を見た。

「これ、やっぱり？」

「そうだろうな」

ロシェンナ王国の近衛（このえ）騎士が動いたこと、迂闊（うかつ）な不審人物、そして顔を隠した女。一見、最後の項目は関係なさそうに見える。

だが、エーレンフリートには「もしかしたら」という予感があった。

「この女、捜せるか」

「どっちにしろ、陛下の推測が正しければ一直線に帝都に向かっているでしょうから……まあ、捜しますけど」

違っているといいですねえ、というバルトルトの呑気（のんき）な声に、この時ばかりは心から同調する。

はあ、と深いため息をついたエーレンフリートは、椅子の背に身体をもたせ掛けると顔を覆（おお）った。

——また突拍子（とっぴょうし）もないことばかりする……

これから自分に降りかかる厄介ごとの予感に、エーレンフリートはうめき声をあげた。

◇

「皇妃陛下、休憩のお時間です」

ベティーナの声に、ルイーゼははっと我に返った。手元の書類は、孤児院に対する支援物資についての相談だが、実のところ昼食の後からずっとこれとにらめっこを続けている。

もうじきこの孤児院への視察が控えているのだから、早めに済ませてしまわなければ。

――ああ、またやってしまったわ……

ここのところ、執務に身が入っていないことは、きっとベティーナにも気付かれているだろう。だというのに、彼女は苦言を呈するでもなく補佐としてルイーゼを助けてくれている。

「ありがとう、ベティーナ。これを終わらせたら――」

「いいえ、皇妃陛下。お言葉ですが、休憩は必要です。……少し、庭へまいりませんか？　あちらでお茶にいたしましょう。風が冷たくはなってきましたが、少し外の空気に当たらないと」

ベティーナの言葉に頷いて、ルイーゼは重たい身体をどうにか立ち上がらせた。

あの日、自然と目が覚めた時には既に太陽が高く昇り、明らかに昼に近い時間であった。慌てて飛び出したルイーゼにエーレンフリートの伝言を聞かせたのはイングリットだ。

――うまくいかないわ……

きちんと仕事をこなせるところを見てもらいたい、と頑張っていたのに、結局あの日も、そして今もエーレンフリートに迷惑をかけている。これでは、信頼を勝ち得るどころか、お荷物だ。

――結局、陛下のお気持ちを聞くこともできていないし……

それどころか、嘘までついてしまった、という罪悪感がルイーゼを苦しめていた。

――私、どうしてしまったのかしら……

最初は、家に戻されても仕方ないと思っていたはずではなかったか。そう父にも笑って話したというのに、今はそれが嫌だと感じている。

重たい気持ちを押し隠して微笑むと、ルイーゼはベティーナと護衛騎士を連れて外へ向かった。

庭に出ると、以前エーレンフリートとお茶会をした場所にテーブルと椅子が用意されている。既にベティーナが手配を済ませていたのだろう。本当に優秀だ。

空は穏やかに晴れていて、風も少なく気持ちのいい昼下がりである。

ベティーナの淹れてくれたお茶は、ここよりも寒い地方で飲まれている香辛料を使用したもので、身体を温める効果があるという。一口含んだルイーゼは、その刺激的な味に目を丸くした。

「まあ、不思議な味……」

「お口に合いましたでしょうか」

「ええ、ちょっと驚いたけど、おいしいわ」

身体が温まったおかげか、落ち込んでいた気分が少しだけ楽になる。もう一口飲むと、自然と唇から「ほう」と息がもれた。

ルイーゼの顔が明るさを取り戻したことでほっとしたのか、笑顔を浮かべたベティーナの向こうで、ちらりと人影が揺れる。シルエットからして、男性のようだ。

――陛下もいらしてるのかしら……？

ここからでは、顔は逆光になってよく見えない。目を細めて姿を確認しようとしたところで、相手もルイーゼに気が付いたようだ。歩み寄ってくる人影は、近づくにつれてその姿を判別できるようになっていた。

「——皇妃陛下には、ご機嫌麗(うるわ)しく」

「アルホフ公爵閣下……！　こちらにいらしておいでとは」

恭(うやうや)しい挨拶と共に一礼した男性の顔を見て、護衛が慌てた声を上げ敬礼をする。ベティーナも一歩下がって頭を下げた。

「まあ、失礼いたしました、アルホフ公爵」

ルイーゼも慌てて立ち上がろうとする。それを止めたのは、アルホフ公爵——つまり、エーレンフリートの叔父であるアダルブレヒト本人だった。

「いえ、どうぞそのままで。……どうですか、この庭は。お気に召(め)していただけておりますか」

「あ、え、ええ……素晴らしいお庭ですわ。確か、アルホフ公爵が指図して造(つく)らせたのだと伺(うかが)っております」

ルイーゼの答えに、アダルブレヒトは陽気に笑った。その顔を見ていると、エーレンフリートは父方の血を強く受け継いだのだな、と思わされる。

それほど、彼の顔にはエーレンフリートに共通する面影があった。

——陛下ももっと、こういう顔を見せてくださらないかしら。

ぼんやりとその横顔を見上げながら、ルイーゼは思う。

こうして心から笑った顔を、見てみたい。

——きっと、素敵でしょうね……

アダルブレヒトが上機嫌に何かを話していたが、ルイーゼはそれをほとんど聞いておらず、ただエーレンフリートの笑顔を想像して頬を染めていた。

後から知ったことだが、アダルブレヒトがこうして庭に姿を見せたのは、庭の改造に向けての下見だったようだ。翌日からは、何やら図面を持参して書き込みをしている姿を見かけるようになった。

どうやら、エーレンフリートは本気でこの庭を造り直すつもりらしい。

二人が並んであちこちを指さしながら相談している姿を見ることもある。

——やっぱり、似てらっしゃるわ。

通りがかりにその光景を目にしたルイーゼは、まるで親子のようなその姿を目に留めてくすりと笑った。

——陛下がお年を召(め)されたら、あんな風におなりなのね。

エーレンフリートの父であった前皇帝は若くして亡くなっているため、今見ることのできる肖像画に描かれた姿も若々しい。堂々とした姿は病に倒れる前のものだろう。とすると、もしかしたら今のエーレンフリートとそう年齢が変わらない可能性も高い。

その点、アダルブレヒトはやはり相応に歳を重ねており、二人に共通する面影はエーレンフリートの未来の姿を彷彿とさせた。

——アルホフ公爵のご子息と並んだら、ご兄弟のように見えるのではないかしら。

一人っ子のエーレンフリートとは違い、アダルブレヒトの息子は四人兄弟だという。二番目のヴェルナーがアルフォンスと同じ年齢ということは、一番上はエーレンフリートよりも若そうだ。

——そのうち、お会いする機会があるかしら。

二人は何やら熱心に話し合っているらしく、ルイーゼの姿には気付いていないようである。邪魔をするのも悪いだろう、と思ったルイーゼは、声をかけることなく踵(きびす)を返そうとした。

「おや、そちらにおられるのは皇妃陛下でいらっしゃいますね」

「え？」

顔を上げたルイーゼは、回廊の向こうから青年が一人歩いてくるのに気が付いて目を瞬(また)かせた。

後ろについていたウルリヒが、にわかに緊張した気配を漂(ただよ)わせる。

だが、ウルリヒのそんな態度には目もくれず、ちょうど日陰になった場所から現れた青年は芝居がかった態度で一礼した。

その腕には、紙を巻いたものをいくつか抱えている。

「ああ、失礼を。アルホフ公爵家の次男、ヴェルナーでございます。皇妃陛下にはお初にお目にかかります」

「まあ、あなたが……」

日の当たる場所に出てきた青年、ヴェルナーの姿を見て、ルイーゼは思わず口元に手を当てた。

ほんのりと淡い茶色の髪を後ろで一つにまとめ、当世風の洒落(しゃれ)たいでたちをしたヴェルナーは、確かに美男子だ。イングリットの言っていた通りである。

だが、あまりアルブレヒトにも、そしてエーレンフリートにも似ていない。

もし三人が並んだら、親子だと思われるのはエーレンフリートとアルブレヒトの方だろう。

——奥方様に似てらっしゃるのかしら。

ぼんやりとそんなことを考えていたルイーゼは、ヴェルナーの声で現実に引き戻された。

「アルフォンスから聞いていましたが、お美しい方ですね。これまでお会いする機会がなかったのが残念です」

「まあ、そんな……恐れ入ります。そう、確かアルフォンスと懇意にしてくださっていたのよね。いつも弟がお世話になって……」

弟の話題が出て、ようやくルイーゼの顔にも笑顔が浮かぶ。ははは、とヴェルナーも軽快な笑い声を立てた。

「アルフォンスには姉ぎみにお会いできるよう取り計らってくれと何度も頼んでいたのですがね、頷いてもらえなくて」

「まあ、そんな」

——ちょっと、アルフォンス……全然知らなかったんですけどぉ……!?

この場にいない弟の顔を思い浮かべて、ルイーゼは笑顔を引きつらせた。

夜会で声をかける程度ならまだしも、家族を通じて「会いたい」と言うのは「興味がある」というのと同義だ。しかも、結婚相手として。

公爵家の次男ともなれば、結婚後には親が保有する爵位の一つを譲られて独立することも可能だ。

嫁ぎ先としては優良物件と言える。

だが、アルフォンスが断ったということは、何か理由があるのだろう。

そもそも、そんなことを既婚の身となった相手に言うのはマナー違反だ。いつものルイーゼならずばっとそこを指摘してしまっただろうが、ヴェルナーの浮かべる笑顔があまりにも無邪気すぎて、思わず言葉に詰まってしまった。

そんなルイーゼの顔を見て、ヴェルナーは笑顔のままため息をついてみせた。

「本当に、惜しいことです……。お会いできていたら、絶対に申し込みをしたのに」

「ま、まあ……」

ここまではっきり言われてしまうと、さすがのルイーゼも困り果ててしまう。何せ、ルイーゼは婚約を解消してからはずっとこうした男女の駆け引きとは無縁に生きてきたのである。

どうしたものか、とちらりと護衛のウルリヒの顔を見るが、やはり彼も困った顔をしているばかりだ。

――仕方ないわよね……。

相手は仮にも前皇帝の弟であるアルホフ公爵の子息、つまり現皇帝エーレンフリートの従兄弟にあたる人物だ。おいそれとそこらの不審者を追い払うような行動には出られないだろう。

つまり、自分でなんとかするしかない。

「あ、あの、ヴェルナーさま？」

「なんでしょう、皇妃陛下」

笑みを絶やさないヴェルナーに、今度こそたしなめようと口を開いたルイーゼの肩を、後ろから伸びてきた手が掴んだ。

「ひ……っ⁉」

「何をしている」

ルイーゼが悲鳴をあげそうになった瞬間、不機嫌極まりない男の声が頭の上から聞こえてくる。その声の主が誰か思い当たって、ルイーゼは一瞬ほっと身体の力を抜いた。だが、その後の二人のやりとりに再び身体が強張ってしまう。

「やあ、エーレンフリート、どうしたんだい、ご機嫌斜めだね」

「そう見えるか？　視力が正常で何よりだ」

冷え冷えとした――それこそ、氷のように冷たいエーレンフリートの声がヴェルナーの陽気な挨拶に応える。あまりの声の冷たさに震えあがったのはルイーゼだけで、当のヴェルナー本人は浮かべた笑顔もそのままに軽く片手をあげた。

「いやあ、婚姻式典ではヴェールを被っていてよく見えなかったのだけど、皇妃陛下は美しい方だねえ。僕も何度か会いたいってお願いしていたんだけど……」

「ちょ、ヴェルナーさま⁉」

仮にも、というか正当な夫の前で求婚まがいのことをしていた話を持ち出すなんて、それこそマナー違反もいいところだ。知らなかったこととはいえ、さすがにまずい、と思ったところで、背後の気配がますます冷気を膨れ上がらせる。

だが、その原因はどうやらルイーゼの考えとは違うところにあったようだ。

「『ヴェルナーさま』……？」

「え、ええっ？」

ぐぐ、とルイーゼの肩を掴んだエーレンフリートの手に力が籠る。痛みに顔をしかめたルイーゼを見て、慌てたのはウルリヒだ。

「へ、陛下、それ以上は、どうか」

「……っ」

エーレンフリートもルイーゼの表情に気付いたのだろう。肩を掴んでいた手の力が緩んで、ルイーゼは息をついた。

「すまない……大丈夫か？」

「い、いえ……？　大丈夫で……」

エーレンフリートの謝罪にルイーゼが応えたところで、空気を読まない声がそこに割り込んでくる。

「だめだよぉ、エーレンフリート。女性は優しく扱わないと……」

とたんに、エーレンフリートが鬼のような形相でヴェルナーを振り返った。ルイーゼはあげかけた悲鳴をなんとか呑み込む。

ぎろりと琥珀色の双眸が光り、常人ならば震えあがりそうな眼光であったが、睨まれた当人は先程と寸分も変わらぬ笑顔でそれを受け流した。

「相変わらず怖いねえ……」

「お前がふざけてばかりいるからだろう……！　だいたい……」

エーレンフリートがそう怒鳴り始めた時、ヴェルナーの背後、回廊の奥から騒めきとバタバタと走る音が聞こえてきた。

「お待ちください、あ、ちょ、ちょっと……！」

騒がしい一団が、ローブを目深にかぶったドレス姿の女性を先頭に闖入してくる。それを追いかけているのはバルトルトと旅装の騎士二名だ。

全力を出せばすぐに女性一人くらい捕まえられるだろう。だが、彼らの態度はどこかためらいがちで、手を出しあぐねているように見えた。

「……！　エーレンフリートさまあ……！」

「なっ……、おま……」

ローブ姿の女性は、視線の先にエーレンフリートを見つけると、彼の名を呼びながら勢いよく飛びついた。その拍子にローブが落ちて、質素なドレスと少し汚れた長い金の髪が翻る。

年齢は定かではないが、背格好から見てルイーゼとそう変わらないだろう。だが、行動はそれに反してまるで子どものようである。

「げっ、陛下……」

「バルトルト！」

その様子を目にしたバルトルトは足を止め、周囲を見回して完全に顔色を失くした。

エーレンフリートが怒鳴り声をあげるが、首をすくめたバルトルトに対し、彼女はしっかりとしがみついたまま、ううっ、と嗚咽をもらし始める。それに気付いたエーレンフリートは、一転して困惑の眼差しで女性を見下ろした。

引き剥がすこともできず、さりとて腕を回すこともできず、広い胸元に顔を押し付けて泣くのを呆然とした表情で眺めるばかりだ。

「お、おい……？」

「いけないなあ……女性をそんな風に追い回しては」

「ヴェルナー、お前は少し黙っていろ」

「エーレンフリートさま、お願い、助けて……！」

「あ、ちょっと……もう……」

ルイーゼは眩暈がしてきた。一体何をどうしたらこんな混沌とした状況が生まれるのだろう。

——何が起きているの……

おそらく、その場にいる全員が同じことを考えているだろう。いや、なぜか笑顔を絶やさないヴェルナーだけは違うかもしれないが。

女性の泣き声はますます激しくなり、エーレンフリートがおずおずとその肩に手を置いて宥め始めている。困惑しきりの表情ではあるが、そこに嫌悪の感情が浮かんでいないことに気付いて、ルイーゼの心の中にもやもやとした感情が生まれた。

——その方は、いったいどなたなの……

これほど見事な金の髪は、これまであまり見たことがない。

「すまないが、ルイーゼを頼む」

「は、しかし……」

まだぐずり続ける女性に視線をやって、エーレンフリートがため息をもらした。ゆっくり首を振ると、落ちていたローブを拾い上げ、その肩にかけ直してやっている。

エーレンフリートにそう声をかけられたバルトルトが、ルイーゼに気付かわしげな視線を向けるが、彼女はそれには気付かなかった。

二人の親密そうなやりとりに、またしても、ルイーゼの胸の中にもやもやが広がっていく。

――いいえ、陛下はお優しい方ですもの……。それくらい……

だが、女嫌いで有名なエーレンフリートがこんな対応をする女性の存在に心当たりが全くない。

――それもそうよね、噂は噂だし……私、陛下のこと、やっぱり何も知らないんだわ……

どこか虚ろな表情で、その女性を連れて立ち去るエーレンフリートを見送りながら、ルイーゼはずきずきと痛む胸を押さえた。

◇

「ほら、いい加減泣きやめ……」

ぐす、ひっく、と小さな嗚咽をもらすその女性を手近な部屋へ引っ張り込んだエーレンフリートは、ソファに彼女を座らせるとその前に片膝をついた。下から覗き込むようにしてその顔を見ると、緑の瞳にまた新たな涙が盛り上がり、ぼろぼろとこぼれだしている。

ため息をつきたい気分を押し殺して、エーレンフリートはなるべく彼女を刺激しないように、自分の中で最大限に優しい声を出した。

「……アドリーヌ、どうしたんだ。言ってくれなければわからない」

「うっ、ひ、ひぐっ、だ、だっ……シャル……う、うう～っ」

——お、お手上げだ……

再び大声をあげて泣き出した女性——アドリーヌを前にして、エーレンフリートは困ったように後ろを振り返った。だが、いつもならそこにいるべきバルトルトの姿はなく、開きっぱなしの扉の向こうには旅装の騎士が二名、見張り番のように立っているだけである。

おそらく彼らに助けを求めてもどうしようもないだろう。

——あの場にバルトルトを置いてきたのは失敗だった……が、ヴェルナーなんぞのところにルイーゼひとりを残してくるわけには……くそ、なんなんだ、今日は。

チッと小さく口の中で舌打ちして、先程の光景を思い出す。

——あの野郎、俺の目の前でぬけぬけと……

公爵家の次男でありながら、ヴェルナーがあちこちふらふらしているのは有名な話だ。

父親であるアダルブレヒトも心配して、近頃では自分の補佐という名目で近くに置いているらしい。だが、それが今日は裏目に出た。

アダルブレヒトの起こした庭の図案を持ってきたヴェルナーが、ルイーゼに遭遇するとは思ってもいなかったのだ。いや、仮に会ったとしても、普通ならば挨拶をして終わりだろう。

――まさかルイーゼを狙っていたとは知らなかったな……

クラッセン伯爵も、いくら家柄が良く将来安泰とはいえ、女性問題の多そうなヴェルナーにルイーゼを嫁がせる気にはならなかったのだろう。断っていてくれてよかった、とほっとした気分になってしまう。

だが、どこかお気楽なところのあるヴェルナーにとって、相手が既婚かどうか――それも皇妃であるとかそういったことは、どうやら問題にならないらしい。

確かに、これまでの歴史上、皇妃に愛人がいたことはあるが、それは嫡子を産み落とした後のこと。結婚したばかりの皇妃にコナをかけるなど、前代未聞の話だ。

――アドリーヌが乱入してこなければ、灸を据えてやるところだったのに。

ぎり、と奥歯を噛みしめたところで、エーレンフリートはアドリーヌの存在をようやく思い出した。とりあえず、これをどうにかせねばならない。

「……部屋を用意させよう。落ち着くまでそこにいるといい。何か必要なものがあれば……女官をやるから、言づけてくれ」

「や、やあ……うえっ、ええ……っ」

エーレンフリートの言葉に、アドリーヌはイヤイヤと首を振る。

まるで駄々っ子だ。こうして泣いているアドリーヌを目の前にすると、彼女の幼い頃をどうしても思い出してしまう。

『おうちにかえりたい……』

そう言って泣く彼女を何度宥めたことか。そう、シャルルと一緒に……

――そうだ、そのシャルルはどうした。

報告にあった三人連れ、その一人はこのアドリーヌだろう。捜索に出していた騎士が連れてきたのだから、やはりエーレンフリートの推測は当たっていたことになる。

ロシェンナ王国側で近衛騎士が動いていたのは、おそらくアドリーヌを捜してのことだろう。だが、彼らを出し抜いて一足先にグラファーテ帝国に入国したということは、それなりに腕の立つ人物が一緒だからだろうと考えていた。おそらく使用人に扮した男がシャルルだと思っていたのだが、今一緒にいないところを見るとどうやら見当違いだったらしい。

――どういうことだ。

ロシェンナ王宮に行かせたバルベ子爵からも、王宮内で不審な動きがあるという情報は入ってきていない。

――アドリーヌは一体、何をしに来た……？

ぐずぐずと泣くばかりのアドリーヌを前に、エーレンフリートは首を傾げた。

しかし、これでは埒が明かない。

なんとか宥めると、エーレンフリートは扉の前の騎士に女官を呼びに行かせた。現れた女官に、アドリーヌの為に部屋を用意するように命じる。そこへ彼女を送り届けたエーレンフリートは、ようやく混乱から解放され、執務室へと足を運んだ。

ぐったりと疲れ切った顔をしていたのだろう、バルトルトが珍しく殊勝な態度で出迎える。

「陛下、申し訳ありませんでした……城内では静かにしてらしたんですが、見覚えのある区画に入ったことに気付いたとたん、走り出されまして……」

「いや、いい。お前なら顔なじみだし大丈夫かと思ったんだがな……それにしても、残りの二人はどうした」

「それが……」

騎士たちの報告によれば、情報を得て宿に踏み込んだ時にはアドリーヌは一人だったという。当のアドリーヌはといえば、要求は「エーレンフリートに会わせろ」の一点張りで、それ以外口にしない。

おそらく使用人たちは騎士が乗り込んできたことに気付いて遁走したのだろうと判断し、仕方なくアドリーヌ一人を城へ連れて帰ってきた、というのだ。

「シャルルは？」

「それが……」

密偵に探らせたところ、アドリーヌがラクロワ家から姿を消すよりも以前から、シャルルは家に滅多に姿を見せなくなっていたらしい。

ラクロワ家は領内に騎士団を保有しており、シャルルはその団長を兼任している。職務の為に家を空けていた可能性もあるが、その辺りについては未だ調査中だ。ただ、噂によると他の家に女を囲っていたという話もあるのだという。

「はあ……⁉」

「あ、あくまで噂ですからね……！」

エーレンフリートの形相に気が付いたバルトルトは、慌ててぶんぶんと手を振った。だが、エーレンフリートの怒りが収まるわけもない。

「あの野郎……何考えて……！」

当時未成年だったアドリーヌに手を出した件といい、今回の件といい、そう罵られるだけのことは充分にあるだろう。

——どいつもこいつも、なんでそう……！

ぎりぎりと歯ぎしりをして、エーレンフリートはあらん限りの罵詈雑言を脳内でシャルルにぶつけ終えると、ため息をもらした。

「人間不信になりそうだ……」

「そこに私を入れてません？　入ってる？　えっ、やめてくださいよ……」

「自覚があるなら身を慎むんだな」

改めてシャルルに関する情報を集めるように指示を出す。バルトルトのことだから、既に実行しているだろう。

——全く、本当に今日はなんなんだ……厄日か……

これからのことを考えると頭が痛い。こめかみをぐりぐりと押しながら、エーレンフリートは椅子に腰かけると目を閉じた。

だが、エーレンフリートの受難はこれだけにとどまらなかった。

夕刻、ひどく怯えた顔の女官が、アドリーヌがエーレンフリートと夕食を共にしたいという旨の伝言を持って現れたのである。

「その……そうでなければ、夕食は召し上がらないと……。ですが、その、アドリーヌさまは見たところ、ここ何日かは食事もまともに召し上がっていないご様子で……」

聞けば、部屋へ送り届けた後のアドリーヌは、ふらふらと倒れ込んでしまったという。それまでは緊張感で持たせていた体力が尽きたのだろう、というのが医者の見立てらしい。

滋養のある食事をとらせて、しばらく安静にしているようにとのことだった——のだが、当のアドリーヌが食事を拒否した挙句そう主張しているというのだ。

「……あのわがまま姫が……」

ようやくひと段落着いたと思ったらこれだ。本当に頭痛がしそうだ、と思いながらも、エーレンフリートは不承不承それを承諾した。

バルトルトの仕入れてきた情報が本当なのか確認したいのもある。

さらに言えば、今は伯爵夫人になったとはいえ、元は一国の王女である。さすがに皇城内で死なれたりなどしたら大変なことになってしまう。それでなくても、過去には妹のようにかわいがっていたのだ。裏切られたとはいえ、多少の情はある。

——俺にも、悪いところがあったのだからな……

仕方がない、とため息をついて、エーレンフリートはバルトルトを振り返った。

「バルトルト、ルイーゼに今夜は夕食を共にできないことを伝えてくれ。もし戻らなかったら、先に休んでくれてもいいと」

「承知しました」

苦笑しながらそう請け負ったバルトルトに頷くと、エーレンフリートはアドリーヌの元へ向かった。

「大丈夫か」

「ええ、ありがとうございます。……ふふ、やっぱりエーレンフリートさまは、相変わらずですのね」

よく見れば確かに顔色は良くないが、きちんと夕食の席に着いたアドリーヌは準備された食事を全て胃の中におさめた。食事をほとんど摂っていなかったことを考慮した、半分流動食のようなメニューだったが、こうしてきちんと食べている姿を見るとホッとする。

雑談もない、静かな食卓には、二人の食器の擦れる音だけがやけに大きく聞こえていた。

——そういえば、昔もこうだったな……

まだ若かりし頃の自分は、年下の少女と何を話せばいいのかわからず、ただ無言で食事をしていたことを思い出す。苦笑をもらすと、アドリーヌが不思議そうにそれを見た。

「それで、そろそろ話す気になったか」

食事を終え、エーレンフリートがそう水を向けると、途端にアドリーヌは俯いた。ぎゅうっと握りしめられた手が震え、ぽたり、とその上に水滴が落ちる。

胸中で嘆息（たんそく）しながらも、エーレンフリートはそのまま席を立った。

「話したくないなら、まあ話す気になるまで待とう。今夜はこれで失礼する」

「……行ってしまうの？」

涙声がそう引き留（と）めたが、エーレンフリートは頷（うなず）いた。

「きみも、今日は疲れただろう……。まずは体調を整えて、それからにしよう。さ、もう寝台に入っておやすみ。何かあったら、すぐに女官に言えばいいから」

「……はい。ありがとう、エーレンフリートさま」

緑の瞳には涙の膜が張っていたが、アドリーヌは小さな微笑を浮かべてエーレンフリートに頭を下げた。

――ああ、もう小さなアドリーヌではないんだな……

今までの、エーレンフリートの記憶に残る過去のアドリーヌであったら、決してこうではなかっただろう。きっとまた泣きわめいて、自分の思い通りにしたに違いない。

たった一年前だというのに、その日が随分（ずいぶん）遠く感じられる。

それと同時に、どれだけ自分が彼女を「見て」いなかったのかを痛烈に感じさせられて、エーレンフリートは足早（あしばや）にその場を立ち去った。

「今日は疲れたな……」

自室に戻って長く息を吐いたエーレンフリートは、湯浴(ゆあ)みもそこそこに寝室の扉の前に立っていた。あれからあちこちに指示を出してきたこともあって、既に夜も更けている。

――さすがに、ルイーゼももう寝ているだろう。

残念な気持ちが強いが、彼女はここのところ弱りがちだ。早く休むに越したことはない。だが、それ以上に、今日は彼女の顔を見て話がしたい気持ちが強かった。

今日、ヴェルナーと、そしてアドリーヌと会って、エーレンフリートの中で一つ、確実になったことがある。

――悪いな、ルイーゼ……

アドリーヌの時はさっさと手を離した。だが、ルイーゼにはそうはできない。

おそらく寝ているだろうルイーゼの邪魔はしたくないが、今日はいつも以上に彼女のぬくもりを傍(そば)で感じたくてたまらない。

――今日でなくてもいい。だが、もう正直に気持ちを伝えて、囲(かこ)い込んでしまわなければ。

そうすれば、少しは楽になれるのだろう。

扉に手をかけたエーレンフリートは、細心の注意を払ってそっとそれを開くと、寝室に足を踏み入れた。

エーレンフリートの予想に反して、ほんのりとした灯(あか)りが灯された暗い室内で、ルイーゼはちょうど寝台に入ろうとしていたところのようだった。

ずっと扉を見ていたのか、室内に入ると同時に二人の目が合う。待っていてくれたのか、と思わずエーレンフリートが微笑んだ瞬間、ルイーゼはどこか硬い表情を浮かべ、さっと視線をそらしてしまった。

――なんだ？

いつもならば、何か一言くらいは声をかけてくれるはずだ。だが、ルイーゼは何も言葉を発することなく、寝台のシーツを眺めている。

訝(いぶか)しく思いながら、エーレンフリートは努(つと)めて優しく彼女に声をかけた。

「……まだ、起きていたのか？」

「もう、寝てしまおうかと思っていたところでした」

答える声が、いくらか硬い。その声音に、エーレンフリートの心臓が不規則に跳(は)ねた。

――まるで、あの時のようだ……

ルイーゼの姿に、あの時のアドリーヌが重なる。今日突然本人と会ったせいか、その記憶はより鮮明にエーレンフリートの中に蘇った。

――駄目だ。

突然突き付けられた別れの言葉を思い出して、エーレンフリートが首を振る。

――そんなもの、認められない。

どくどくと不規則に打つ心臓の音が大きくなり、目の前の景色がうっすらとぼやけていく。

「……ルイーゼ」

存在を確かめるように発した声は、情けなく掠(かす)れる。急に喉(のど)に物が詰(つ)まったような気分になって、エーレンフリートは小さく咳払いをした。

たったそれだけのことに、ルイーゼの肩が跳ねる。

それが、怯えからくるものだと理解して、今度は目の前が真っ赤に染まった。

——俺が、何をした……？

「っ、陛下……」

怯え交じりのルイーゼの声に、更にいら立ちが募る。そういえば、とエーレンフリートは昼間の苛立ちを思い出してルイーゼの元へ大股で歩み寄った。威圧的な空気にまたルイーゼが肩を震わせるが、それがまたエーレンフリートの凶暴な気分に火をつける。

——ヴェルナーのことは名前で呼んでいたくせに……！

カッとなったその凶暴な気分そのままに、エーレンフリートはルイーゼの細い肩を掴むと乱暴にその場に押し倒した。

幸い、下は柔らかな寝台だ。痛みに眉をしかめたのは一瞬で、紫色の瞳が困惑と怯えの感情を乗せてエーレンフリートを見上げている。

訳がわからないなりに抵抗しようとしたのか、ルイーゼの腕がエーレンフリートの胸を押した。

「……ふん」

もちろん、騎士団で鍛え、退団したのちも鍛錬を続けているエーレンフリートにとって、その程度では抵抗にすらなりはしない。片膝で彼女の腰を押さえ込むと、両腕を取ってそれを押さえつける。

――ああ、こんな時でも、きみからは甘い香りがする。

短い悲鳴をあげたルイーゼの声を封じるように、その唇にかぶりつく。舌先を這わせたそこは、やはり以前と同じように甘い。緩んでいたその隙間から強引に舌をねじ込めば、あっさりと彼女の口腔内に侵入することができた。

「ん、んっ……」

苦しいのか、ルイーゼがくぐもった声をあげる。飲み込めなかった唾液が口の端から一筋零れ、シーツに小さな染みを作った。

それでも、エーレンフリートは止まらない。

小さな口の中を、肉厚の舌で余すことなく舐め、味わう。かき回すたびに鳴るぐちゅ、という淫猥な音が脳髄を刺激して、エーレンフリートの興奮を煽った。

小さな舌を探し出して根元からしごくようにして絡ませると、ざらざらと擦れる感触が、得も言われぬ快感をもたらす。夢中になって何度もそうするうちに、苦しそうだったルイーゼの声にも甘いものが混じり始めた。

「ん、む、あっ……」

「ルイーゼ……」

名残惜しく吸い上げながら唇を離すと、ルイーゼの唇からは艶めかしい声がもれた。上気した頬と、ぽってりと濡れた唇がエーレンフリートの情欲を燃え上がらせる。

力をなくした両腕を押さえつけるのをやめ、自分の内なる衝動に突き動かされるようにして、エーレンフリートはルイーゼの寝間着の上から彼女の胸に触れた。

ふにゃり、と指が柔らかく沈み込む。生地は少々厚めだが、下着も着けていないそのふくらみの柔らかさに、眩暈がするほどの感動すら覚え、夢中になって揉みしだく。

もはや、自分でも何がどうなっているのか理解できず——いや、考えることを放棄して、エーレンフリートは初めて触れる女性の身体に溺れ始めていた。

「ん、や……っ、い、いた……あ、あっ」

最初は痛みを訴えていたルイーゼの声が、次第に甘く変化し、厚手の寝間着の上からでも胸の先端が尖ってきているのが感じられる。

騎士団時代、先輩や同輩たちから聞いた知識を思い出しながら、エーレンフリートはその先端を生地の上から摘まみ、親指と人差し指を使ってこりこりと擦り上げた。

「ああ、いいんだな……？」

「ん、んッ……」

必死にルイーゼが首を振るが、身体の反応は隠せない。乳嘴はますます硬くしこり、まるでエーレンフリートの指によって嬲られるのを待ち望むかのようにピンと尖っている。

——直に触れたい……

欲求がエスカレートするまで、そう時間はかからなかった。

いくつかのボタンを性急に外し、それがまどろっこしくなって合わせ目から一気に引き裂くようにはだけさせる。

白く柔らかな双丘と、その頂上で紅(あか)く熟(う)れた果実のような先端が現れて、エーレンフリートはごくりと唾を飲み込んだ。

そっと触れると、吸い付くような肌が柔(やわ)く沈む。いつもの甘い香りが、より一層強くエーレンフリートを包み込んだ。

「柔らかい……それに、ここ……」

ツンと尖(とが)った場所を指ではじくと、ルイーゼの唇から甘い声がもれる。にや、とエーレンフリートが口角をあげると、ルイーゼが恥じらうように視線から逃(のが)れようと顔を背(そむ)けた。だが、そのせいでエーレンフリートが何をするのか察するのが遅れたようだ。

「ん、な、なに……や、あっ……だ、だめぇ……ッ」

唇を寄せて、その熟(う)れた部分に口づける。舌を出して先端をぺろりと舐(な)めると、やはり予想した通りそこからも甘い味がした。もっと欲しくなって口に含み一心に味わうと、そこはますます固さを増して、ルイーゼの唇からはあられもない嬌声(きょうせい)がもれ始める。

それが恥ずかしいのか、ふるふると首を振ったルイーゼの瞳がぎゅっと閉じられ、唇が引き結ばれた。

――もっと聞かせろ……！

柔らかく白い部分にも舌を這(は)わせ、時折吸うと、肌の上に赤い跡が残る。自分が触れた証だと思うとなおさら興奮して、エーレンフリートはいくつも吸い跡を残していった。

「ん、ルイーゼ、甘い……」

「や、へ、陛下ぁ……」

先端を啄みながら二つのふくらみをやわやわと揉み上げる。恥ずかしさからか、刺激から逃れようとしてなのか、ルイーゼが身を捩ろうとするのを足だけで押さえつけたエーレンフリートは、彼女のもらした声に動きを止めた。

「名前を……」

ぼそ、ともらした呟きにルイーゼが顔をあげる。至近距離で二人の視線が絡んで、淫靡な空気にまみれていた室内に沈黙が降りた。

――そうだ、こんな……

こんな無体をするつもりではなかった。

半分引き裂かれた寝間着、震えるルイーゼの姿。ところどころに鬱血した跡のある白い肌と涙の滲む紫の瞳が痛々しい。

冷や水を浴びせられたかのように、エーレンフリートの頭が冷えた。

「あ……いや、こんな、こんなつもりでは……」

急激にうろたえだしたエーレンフリートに面食らったのか、ルイーゼはぱちぱちと目を瞬かせる。それから、自分の今の姿に気付いたのか、慌てて前を掻き合わせると、おずおずとエーレンフリートに呼びかけた。

「あの、陛下……？」

「それ、それだ……」

らした。

呻くようにして、エーレンフリートはその声に応えた。そっと窺うようにルイーゼに目を向けると、彼女は困惑した表情を浮かべ、エーレンフリートの顔を覗き込んでくる。

ただ、その表情に嫌悪の情が浮かんでいないことを確認して、エーレンフリートはほっと息をもらした。

そして、その日一番願いたかったことを口にする。

「名前を、呼んではもらえないか……？」

「えっ？　へ、陛下の……？」

目を見張ったルイーゼのぐしゃぐしゃになった銀の髪に手を伸ばし、それを避けられなかったことに密かに安堵しながら、エーレンフリートは頷いた。

「……バルトルトも、あのクソ忌々しいヴェルナーでさえも名を呼んでもらえるのに、俺だけが呼んでもらえないのは悔しい」

「く、悔しいって、えっ、だって……」

すっかり動揺したルイーゼは、目を白黒させながらせわしなく周囲を見渡した。その頬に手を添えて、今度はこちらからその顔を覗き込む。

目が合うと、ルイーゼはうっすらとその頬を染めた。

「え、えー……」

「どうした、簡単だろう」

なぜか言いよどむルイーゼの唇に触れるだけのキスをする。ん、とこぼれる声の艶めかしさに身体の奥から再び熱が戻ってくるのを感じるが、それは今は重要なことではなかった。

「ほら」

「え、エーレンフリートさま……？」

恥ずかしげに、だがしっかりと名前を呼んでもらえたことに、歓喜の念が沸き起こる。思わずぎゅうぎゅうと彼女を抱きしめると、柔らかな膨らみが腹にあたり、首筋を銀の髪がくすぐった。

——はあ、愛しい……

自然と胸に沸き起こる想いに、エーレンフリートはこの次こそは、と決意を固めた。

——気持ちを伝えて、そして今度こそ。

そのためには、今降りかかっている問題をすべて解決しなければならない。脳裏にシャルルのいけ好かない顔を思い浮かべて、心の中で小さく舌打ちする。

——どこにいても必ず見つけ出してやる。ことと次第によっては、今度は容赦しない。

半分八つ当たりにも似た気分でそう考えていると、腕の中のルイーゼが小さく身じろぎした。それを抱えなおして柔らかい髪に頬を擦り付ける。

「ああ、ルイーゼ……」

されるがまま、拒絶する気配を見せないルイーゼに、エーレンフリートは満足げに笑った。

第七章　皇帝は反省する

秋の日はつるべ落とし、とはよく言ったものだ。窓の外が暗くなるのを見つめて、ルイーゼは一人、ため息をもらした。

――いえ、もう冬になるわ……

紅葉していた木々からは、木の葉がどんどん舞い落ちていく。窓の外を一枚、また一枚――と数えているうちに、とっぷりと日が暮れてしまっていた。

明日の為に手元の書類を読み込んでおかなければ、と思っているのに、全くはかどらない。

それもこれも、全部昨日のエーレンフリートのせいだ。

『名前を、呼んではもらえないか……？』

そう乞(こ)われた時の、甘く掠(かす)れた声が、何度も頭の中に蘇る。それと同時に、急にもたらされた濃密なひと時までもが思い出されてしまい、ルイーゼはぶんぶんと頭を振った。

――陛下のなさること、本当に意味がわからない。

とうとう手元の書類を読むことを放棄して机の上に置くと、ルイーゼは窓の外を再びぼんやりと眺めた。

昨夜、エーレンフリートの戻りが遅くなることを聞いて、ルイーゼはほんの少し安堵していた。

彼に対して嘘をついてしまったこと、それに加えて、知らなかったとはいえ過去自分に求婚まがいの行動を起こしていた相手と二人でいるところを見られていたのだ。

どこか、エーレンフリートに対して後ろめたい気分を抱えて二人で食事をするのは、やはり気が重いと感じていたところだった。

だが、よく聞けばエーレンフリートはあの女性と食事を共にするために遅くなるのだという。バルトルトが妙に言葉を濁すところから見ても、過去にエーレンフリートとなんらかのかかわりがあった女性なのだろう。

それが気になって、エーレンフリートが戻ってくるかどうかをつい確かめたくなってしまった。

——いっそのこと、あの場で最後までしてくださっていたらよかったのに。

不意に浮かんだ考えにぎょっとして、ルイーゼは頭を振った。ここのところ、こんなはしたないことばかりを考えていると知られたら、エーレンフリートはどう思うだろう。

あの時——エーレンフリートと目が合った瞬間、すべてを、それこそ自分の嘘の発端さえも見透かされたような気がして、思わず視線をそらしてしまった。だが、それが逆に彼の何かに火をつけてしまったのだろう。

だというのに、エーレンフリートはなぜか途中でその行為を止め、さらに不可解なことにバルトルトやヴェルナーの名を出して「名前を呼んでくれ」と言い出したのだ。

——あれは一体なんだったのかしら。それに……

エーレンフリートの胸に飛び込んだ金の髪の女性を思い出して、ルイーゼは唇を噛んだ。あの女性は、もしかしたらエーレンフリートの秘密の恋人なのかもしれない。

ずきん、とルイーゼの胸に痛みが走った。

身分ある令嬢であれば妻として迎えられただろうが、そうできない身の上の女性なのだろう。

考えれば考えるほど、それは正鵠を射ているような気がする。

――もし、もしもよ……このまま陛下と私の間に子ができなかったら、それを理由に離縁して、今度はあの方を……？

その想像は、あまりにも突拍子もなく、実現するかどうかもわからない――むしろ、冷静に考えれば明らかに無理があるとわかるもの。だが、冷静さを欠いたルイーゼの頭の中には、二人の幸せそうな様子が嫌でも浮かんできてしまう。

女性不信の噂も、女嫌いと言われていたのも、全部あの女性以外のひとを身の回りに寄せ付けないため。議会からのごり押しがなければ、このままエーレンフリートは結婚をせず、彼女一筋に生きられた……のかもしれない。

エーレンフリートのこれまでの不可解な言動はもしかすると、それでもルイーゼを妻として扱おうという優しさ……だったのかもしれない。

自分の想像に愕然として、ルイーゼはふらふらと机に両手をついた。

ぽた、とそこに雫が一滴落ちたかと思うと、また一滴。滲んだ視界にそれがいくつも重なることで、ようやくルイーゼは自分が泣いていることに気が付いた。

――嫌……！

ルイーゼがエーレンフリートと過ごしたのは、たったの一ヶ月程度にすぎない。だが、そのほんの少しの時間で、ルイーゼはエーレンフリートのいろんな顔を知ってしまった。

初めて会った日の、不機嫌そうな顔。そうかと思えば微笑んだり、今度は真面目な顔をしたり。

ひざ掛けを喜んでくれて、一緒に庭で語り合って……

ぽたぽたと溢（あふ）れる涙を拭（ぬぐ）うことも忘れて、ルイーゼは必死に頭を振った。

――ううん、否定してももう遅い。誤魔化（ごまか）しは効かない……

エーレンフリートに他の女性がいる、と思っただけでこれほど心乱されるのはどうしてなのか。

ルイーゼはずっと目をそらし続けていた自分の気持ちを認めなければならなかった。

――愛がなくても、信頼できる夫婦に、なんて……そんなもの、私には無理だったのよ。

いつも唐突に与えられる口付けも、身体に触れられることも、嫌ではなかった。

エーレンフリートの為に何かをしてあげたいと思っていた。

それは、どうしてか。

――私、陛下のこと……ううん、エーレンフリートさまのこと……好きになっていたんだわ……

ごし、と目をこすりかけて、ルイーゼははっとしてその腕を引くと、ハンカチを取り出して目元にあてる。

泣きはらした顔を人にさらすわけにはいかないし、何よりエーレンフリートに見られたくない。

――全部、エーレンフリートさまに正直に告白しよう。

嘘をついたことも、自分の気持ちも何もかもを正直に。その後のことは、エーレンフリートの判断に委ねるしかない。

だが、その日までは――ルイーゼは完璧な皇妃でいなくてはならない。決意を胸に秘め、暗くなった部屋に明かりをつけると、ルイーゼは放置した書類を再び手に取り、一心にそれを読み始めた。

翌日、ルイーゼは眠い目をこすりながら馬車に揺られていた。

――昨日も、陛下は……エーレンフリートさまは、いらっしゃらなかった……

決意を秘めて夕食の時間を迎えたルイーゼは、申し訳なさそうな顔をしたバルトルトに前日と同じ事を伝えられたのだ。

しかも、その日のエーレンフリートはかなり遅くに戻って来たらしい。ルイーゼがとうとう睡魔に負けて寝てしまった後になって寝室へ来たようだ。

それをルイーゼが知ったのは、朝、枕元に置かれたメモによってだった。

「しばらく……ってどれくらいなのかしら……」

ぽつりともらした一言は、馬車の車輪の音にかき消されて同乗しているベティーナには聞き取れなかったらしい。だが、声は聞こえていたようで、どうかなさいましたか、と気にかけてくれる。

「ううん……なんでもないのよ。孤児院まで、あとどれくらいかしらと思って」

「そうですね、あと半刻ほども走れば」

「そう……本当に、帝都の端にあるのね」

帝都を四つに分けたそれぞれの地区に一つずつ、孤児院も救護院も存在している。中央を走っていたころは滑らかだった道も、舗装していない区域に入ったのだろう、がたがたと揺れがひどくなりつつあった。

『しばらく忙しくなる。夜は自分の寝台を使うから、気にせずに先に休んでいてくれ』

メモの文章をもう一度思い出して、ルイーゼは憂鬱な気分で窓の外を見た。市街地を外れた馬車はスピードを緩め、落葉した木々の間を走っている。次第に木々は減り、小さな畑が広がりを見せ始めた。

「あの先ですよ、皇妃陛下」

「ああ、あれね……？」

畑の先には、赤茶けた屋根の建物が見える。小さい貴族の邸宅ほどの大きさがあるそれは、屋根の色も褪せ、遠目にも少し古ぼけて見えた。

資料によれば、かなり歴史のある孤児院らしいので当然と言えば当然なのだが、老朽化の具合などは自分の目で確かめておかなければいけないだろう。

憂鬱な気分を振り払って、ルイーゼは自分のやるべきことをしっかりと頭の中で整理していく。

深呼吸を一つすると、ルイーゼは気合を入れるように、腹の奥にぐっと力をこめて背筋を伸ばした。

「ようこそ、おいでくださいました」

　事前の資料にあった通り、出迎えてくれたのは初老の女性院長である。昔からここで住み込みで子どもたちの世話をしていたという柔和そうな印象の院長は、少し緊張気味にルイーゼたち視察の一行を院長室へと案内した。

　威圧感を与えないよう、護衛の一団は半分を表に残しているため、今ルイーゼにつき従っているのは三名の騎士と、それから女官のベティーナ、別の馬車に乗ってきた福祉担当官一人の、合わせて五名ほどだ。その人数が入れば、さすがに院長室は手狭になる。

　久しぶりに皇族を迎えた院長は、狭さを詫びながら、緊張しきって震える手でお茶を振る舞った。

「――のように、この孤児院では、主に畑からの収穫と――」

「そうね、それで食料は――」

　一通り院長の話を聞き、経営状態などを確認する。その後、ルイーゼたちは子どもたちの元へと向かった。綺麗なドレスを着たルイーゼや、帯剣した騎士が珍しいのだろう。

　子どもたちの元へ顔を出すと、「わぁっ」と歓声があがり、すぐにルイーゼたちは取り囲まれてしまった。

「すごい、おひめさまだぁ」

「こっちは騎士さまだ……！　ねえ、この剣ほんもの？　ほんものだよね？」

　その笑顔を見て、ルイーゼはほっとした気分になった。院長の話だと、やはり食料や衣服などが主に不足しているらしい。確かに痩せた子どもが多く、心配な面はある。だが、笑顔ははちきれんばかりに明るくて、元気いっぱいだ。

世話をしている女性や下働きの男性も穏やかそうで、問題はあまりないように見えた。

「ベティーナ、みんなにお菓子を配ってあげて」

「かしこまりました」

ルイーゼの発した「お菓子」という単語に、子どもたちはまた一斉にわあわあと騒ぎだす。中にはぴょんぴょんと飛び跳ねる子もいて、ルイーゼが「さあ、順番よ」と声をかけると飛び跳ねながら列に並んだ。

——ふふ、心配していたけど、元気な子たちばかり。食料は援助を手配するとして、あとはどうするか考えなくてはね……

すっかり配り終わって空になったかごを抱え、ルイーゼがそんなことを考えて息をついた時、後ろからドレスをツンツン、と引っ張られた。

振り返ると、小さな女の子が一人、ルイーゼを見上げている。

「ねえ、もうおかし、のこってない……？」

「あら……足りなかった？」

しゃがみ込んだルイーゼが優しく話しかけると、ドレスを引っ張った女の子はふるふると首を振った。

「ちがうの……おじちゃんにもっていってあげたかったの……」

「おじちゃん……？」

「うん……きのう、たおれてたおじちゃん……」

「倒れて……？」

ルイーゼが眉をひそめた時、世話役の女性が一人駆け寄ってきた。

「申し訳ございません……ほら、あっちでお菓子いただきましょうね」

「いいのよ、それより、この子の話していた『おじちゃん』というのは……？」

女性は少し迷ったようだったが、ルイーゼに聞かれては正直に話すしかないと思ったのだろう。半分怯えたような顔をしながら、昨日孤児院の裏手に男性が一人倒れていた、という話を聞かせてくれた。

身なりはいいが荷物の類は持っておらず、また衰弱が激しく話もできないので身元もわからないのだという。

とりあえず、息があるので世話をしているというが、女性の口ぶりからして身元不明の人物をここに置いておくこと自体には不安があるようだった。

「どうも……もしかすると流れの剣士か……もしかしたら騎士さまでらっしゃるのか……剣だけは抱きしめて離さないんですよ……」

それを聞いて、ルイーゼも納得した。確かに、剣だけを抱えた訳ありそうな男を助けたはいいが、相手が善良な人物かどうかはわからない。ここには子どもが多く、万が一のことがあっては、と不安なのだろう。

世話役は女性ばかりだし、下働きの男では剣を持った男には太刀打ちできない。

様子を見に行きたい、と申し出ると、女性は迷ったように護衛とベティーナに視線を移した。だが、彼らが頷いたことに安心したのか、ルイーゼをその男が寝ている部屋へと案内する。

「本当ね……」

確かに、寝台に寝かされた男は剣をしっかりと抱いて眠っていた。衰弱しているという言葉通り、顔色は悪く、熱があるのか息も荒い。ここでは医者も呼べないだろう。

枕元にはたらいが置かれ、額に濡れた布巾が当てられているが、満足に治療できているとは言えない状況だ。

上掛けから覗く衣服の襟は、これもまた言葉通り一目で上等なものだとわかる。だが、この人物がその衣服をどういう手段で手に入れたのかはわからない。

しばらく考えたのち、ルイーゼは背後を振り返った。

「では、この男性はこちらで引き取りましょう。……馬車での移動には耐えられるかしら……ね、私の馬車にはクッションをたくさん積んできたわよね？　それを並べたら、寝かせたまま走らせられるんじゃない？」

「こ、皇妃陛下……」

護衛の一人は難色を示したが、ルイーゼは譲らなかった。ここで子どもたちや世話役が不安な思いをして過ごすのは、ルイーゼにとって本意ではない。万が一の場合を考えれば、監視できる環境に置いたほうがいいだろう。

だが、城に身元のわからない男を入れることはできないと主張され、ルイーゼはしぶしぶ次の案を出した。

「では、クラッセン家で預かりましょう。お父様にお願いすれば、きっと面倒を見てくださるわ。念のため、警備を二名派遣して」

　護衛は不満そうな顔を見せたが、ここが落としどころだと判断したのだろう。そうでなければ、毎日ここへ警備を派遣するどころか、泊まり込みで様子を見るように命令されるかもしれない。そこそこ距離のあるこの孤児院まで来るくらいならば、まだ中央にあるクラッセン家へ行った方がまし、という打算も働いたのだろう。

　こうして身元不明の病人を乗せ、馬車は孤児院を後にした。

「――というわけなの。お父様、お願いします」

「お前は昔から、こうと決めたら譲らないからね……」

　運び込まれた男を見たクラッセン侯爵は一瞬驚きを見せたものの、急いで客室に準備を整えさせると、理由も聞かず、まずは医者を手配してくれた。

　医師の診察の間にルイーゼから話をしたが、おおかた予想していた通りだったのだろう。ひょい、と肩をすくめただけで、受け入れを決めてくれた。

　診察の結果、どうやら高いところから落ちたようで、打ち身や擦(す)り傷があり、そこから菌が入り込んで熱を出しているのだろうという話だった。薬湯(やくとう)や打ち身の薬、それから消毒薬などを手配すると、また三日後に往診に来ると言い残して帰っていく。

　それを見送った後、ルイーゼも早々に城に戻るよう父に言い聞かされ、久しぶりの実家でくつろぐ間もなく追い出された。

「久しぶりにお会いしたのに……あ、そうだ、アルフォンスにも話が……」

「今日は視察の予定だけなんだろう？　あまり帰りが遅くなっては陛下が心配なさる。それにアルフォンスは出かけているから」

「んもう……」

やけにぐいぐいと肩を押され、ルイーゼは名残惜しい気分で城への帰途についたのだった。

◇
「――まだ、見つからないのか？」

「途中までの足取りは追えたのですが……いったいどこへ消えたものか、すっかり痕跡がなくなってしまったそうで」

エーレンフリートは苛立たしげに腕組みすると、椅子の背もたれにどすんと身体を預けた。アドリーヌが城に姿を見せて二日、手を尽くして探しているというのに、彼女の夫シャルルの行方が杳として知れないのだ。

――すぐにでも見つかると思ったんだが……

昨日のうちに、シャルルが密かにグラファーテ帝国領内に入ったことはわかっていた。おそらく、アドリーヌを追ってきたものと推測される。

帝国領内にいるのであれば、捕捉するのはたやすいと考えていたのだが、これが思ったようにいかなかった。

途中で馬を手に入れたらしく、移動速度がかなり早い。既に帝都近郊にたどり着いていておかしくないくらいだ。だというのに、ここへきて目撃者がぱたりといなくなった。

「馬を捨てたか……？」

「可能性は高いです。それも併せて、今、帝都の宿をしらみつぶしに当たらせていますが、今のところ成果なしですね」

「……どこかで女でもひっかけたんじゃないか」

「ま、なくはないかもですね。なんせラクロワは顔だけは良かったですから……」

剣の腕も相当なものだったはずだが、バルトルトもやはりシャルルには思うところがあるのだろう。これ見よがしについてみせたため息には、憤慨(ふんがい)したような空気が混じっていた。

「夫婦喧嘩の尻ぬぐいをしている気分ですよ」

「実際、そうかもしれんぞ」

アドリーヌは夕食にエーレンフリートを呼びつけはするものの、結局グラファーテ帝国へ来た理由を話そうとしない。裏の取れていない情報を信じるのは浅はかだが、彼女のやつれようを見るに、相当悩んだ末にここへ来たのだろうと推察できる。すると、やはりシャルルが他所(よそ)に女を囲った——という話はあながち的外(まとはず)れではないのかもしれなかった。

「しかし、意外でしたね」

「何がだ」

エーレンフリートが視線をあげると、バルトルトはひょいと肩をすくめて続ける。

「アドリーヌさまのこと、すぐに送り返されるかと思っていましたけど」

「……あれでも、九年一緒に過ごした仲だからな。それに……当時は俺もまだまだ考えが浅かった。これでも、反省しているんだ」

「反省ぇ？」

バルトルトの素っ頓狂な返事に、今度はエーレンフリートが肩をすくめた。

「アドリーヌがグラファーテに来た時、何歳だったか覚えているか？」

「覚えてますよ、そりゃ……なんたって八歳ですからね。十八のあなたの妻が、たった八つの幼女！　そりゃ覚えてますよ……」

当時のことを思い出して、エーレンフリートはゆっくりと目を閉じた。

婚姻式典は小規模なものだった。もちろん、幼い花嫁に配慮してのことである。だが、その花嫁――アドリーヌは、緊張しっぱなしで、その日の夜にはもう熱を出して寝込んでいた。

成人するまでは白い結婚という約束があったため、アドリーヌの部屋は離れに用意されていた。そこへ顔を出すと、無邪気なアドリーヌが、時には笑顔で、そして時に泣き顔でエーレンフリートを出迎える。

連れてきた侍女は適齢期を迎えるごとに一人、また一人と減っていき、最後まで傍に残ったのは騎士であるシャルル・ラクロワだけ。もちろん、こちらが用意した女官はいたが、それでも幼いアドリーヌは不安でたまらなかっただろう。

そのシャルルとて、アドリーヌが無事に成人を迎えた暁には国に戻り、家を継ぐ予定だったのだ。何かあった時、頼るべき人間が一人もいなくなる。それは、甘やかされた少女だったアドリーヌにとってどれだけ恐ろしいことだったか。

エーレンフリートが心を砕いてやっていれば、また違っていただろうが――

「――まあ、そういうことにな、最近になってようやく気付いた」

すべてを聞き終えたバルトルトは、長いため息をもらした。

「陛下、最近変わられましたね」

バルトルトの声に、エーレンフリートは閉じていた目を開いた。それを正面から見たバルトルトの表情は穏やかで、どこか安心したようにも見える。

――そうか……心配、させていたんだな。

ありがとう、お前の言葉のおかげだ、と口にしようとした寸前、バルトルトはさらに言葉を続けた。

「いや、ホント……皇妃陛下のおかげでしょうかね……！　何、もしかしてもう大人になっちゃいました？　いやー、あの陛下が、アドリーヌさまのことをそんな風にお考えに……バルトルト、感激です……」

エーレンフリートの表情が虚無になった。

全て台無しである。特にその「大人になっちゃいました？」のくだりはどういうことだ。こめかみに青筋を浮かべたエーレンフリートに気付かず、バルトルトは胸元に手を組んで天を見上げている。気のせいでなければ、その目にうっすらと光るものがあるのが見えて、エーレンフリートは頭を抱えた。

――俺はもう二十八だぞ……！　大人だ、もともと！

早く全部片づけて、ルイーゼに会いたい。後顧の憂いのない状況で真摯に気持ちを伝えて愛を乞いたい。ヴェルナーのような男がもっと出てくる前に、気持ちを向けてもらえるようにしなければ。

――この面倒ごと、全部こいつに任せてしまえば……

だが、アドリーヌのことに関してはいくらか責任を感じているだけに、丸投げというのも気が引ける。

――結局、全部終わらせなければ無理か……

はあ、と切ないため息をこぼすエーレンフリートの前で、バルトルトはまだ感涙にむせんでいた。

その知らせがエーレンフリートにもたらされたのは、翌日の夜も遅くになってのことだった。

昼から多忙であったエーレンフリートは、夕食も摂り損ねて執務室で夜食を摘まみながらバルトルトと二人、シャルルの行方について頭を悩ませていたところである。

「こんな時間に、クラッセン家から……？」

「ええ」

執務机から顔を上げたエーレンフリートは、訝しげな顔でその知らせを持ってきた侍従を見た。

「……通してくれ」

「かしこまりました」

頷いたバルトルトは退出すると、ほどなくマントを着用した一人の青年を連れて戻ってくる。その青年の顔を見て、エーレンフリートは息を呑んだ。

「きみは……」

「クラッセン侯爵の長男、アルフォンスでございます」

一礼した青年、アルフォンスは手短にそう名乗ると、まずは、とマントの中から厳重に布でくるまれた細長いものを取り出した。

エーレンフリートが目で促すと、バルトルトがそれを受け取り、布をはいでいく。

現れたのは、一振りの長剣であった。

「これは？」

「昨日、姉が——皇妃陛下が我が家に預けていった男の持ち物です」

「ルイーゼが……？」

驚きに目を見張るエーレンフリートに、アルフォンスは軽くため息をもらした。

「やはり、陛下にまだご報告されていなかったのですね……そちら、ご確認を」

アルフォンスに促されるまま、それを確認したバルトルトが「これは」と大声を上げる。エーレンフリートも傍によって長剣を手に取ると、柄に刻まれた紋章を目にして顔色を変えた。

「これは、ラクロワ騎士団の……？　これを持った男を、ルイーゼが？」

「昨日視察に赴いた孤児院で保護した男だそうです」

アルフォンスは淡々と、手短に状況を説明した。

ルイーゼが突然クラッセン家に男を担ぎこんだこと、その男は重傷を負っており、今はまだ意識を回復していないが危険な状況からは脱しつつあること、などである。

さらに外見的な特徴を付け加えると、エーレンフリートとバルトルトが息を呑んだ。

「その剣だけは、離さぬようしっかりと抱きしめていたのですが……熱が下がってきたことでようやく力が抜けたのか、やっと取り上げることに成功しまして」

その紋章を確認して、クラッセン侯爵はようやく彼が誰であるのか確証を得たらしい。急いでエーレンフリートにそのことを秘密裏に伝えるよう、アルフォンスを寄こしたのだという。

「シャルルか……」

「まさか、皇妃陛下が保護しておいでとは」

ソファに腰を下ろして、エーレンフリートは嘆息した。道理で見つからないはずである。まさか、怪我をして孤児院に保護され、そのあとルイーゼにその身柄を預けられていたとは。

「……意識がないのか」

「はい。医者の見立てによれば、二、三日もあれば回復するだろうとのことでしたが……。孤児院では医者に見せることもできず、さりとて見殺しにもできずに困っていたのでしょう。もっと早くに保護できていれば、もう少し回復は早かったかもしれませんが」

エーレンフリートに促されて正面に座ったアルフォンスが、眉をひそめてため息をついた。

「あと二日も放置されていたら、危ないところだったそうです。姉の判断は正しかったと思いますが……陛下へのご報告がなかったとは。姉に代わり、お詫び申し上げます」

「いや……こちらもここのところ立て込んでいて、ルイーゼとの時間が取れていなかった。視察の報告も後回しにしていたから……」

アルフォンスの謝罪にエーレンフリートは首を振った。自分の判断ミスだ、と理解していたからだ。

いくら早くこの件を片付けたいからといって、ルイーゼを蔑ろにしていたことに今更ながらに気付く。

――情けない。

自分のこれまでの行動を振り返って、エーレンフリートは内心がっくりと肩を落とした。

◇

――この方、いったいどこから湧いて出るのかしら……

目の前でへらへら笑うヴェルナーを前に、ルイーゼはひきつった笑みを浮かべた。

時刻はまだ早朝にもかかわらず、城の中にいるということは、昨夜はおそらく城内で過ごしたのだろう。だが、彼が歩いてきた先にあるのは使用人棟のはずだ。

こんな朝早くに妙なところに用事があるものだ、とルイーゼは内心首を傾げた。

「随分お早いのですね」

「ええ、まあ……」

できれば挨拶だけで通り過ぎたいところであったが、相手が話しかけてくるのでそうもいかない。仮にも相手はエーレンフリートの従兄弟である。無視することもできず、ルイーゼは困惑気味に返事を返した。

「どちらへ行かれるのですか？　ぜひ僕もお供したいなあ」

「いえ、結構で……」

「それにしても、こんな朝早くに出歩けるなんて……エーレンフリートは何をしているのかな」

「は……？　陛下？」

全然人の話を聞いていないヴェルナーは、次々と自分の話したいことばかりを押し付けてくる。その話の飛びようについていけず、ルイーゼは思わず顔をしかめた。

「そうですよ、こんな魅力的な方を放っておいて、一体何をしているのやら……」

「ヴェルナーさま、それは」

さすがに見過ごせなくなったのか、割って入ったのは今日の護衛であるアロイスだ。だがヴェルナーは、まったく動揺する気配もなくへらへらとした笑みを浮かべている。

だが、その一言はルイーゼの気を重くするのに充分なものだった。

――エーレンフリートさまは、お忙しいから自分の部屋でお休みになるとおっしゃっていたけど、本当かしら。

もやっとした気持ちがルイーゼの中で膨れ上がる。あえて考えないようにしていたことを急に突き付けられたような気持ちになって、ルイーゼは俯き加減に唇を噛んだ。

「ま、急にアドリーヌが姿を見せたんじゃあねぇ……」

「え……？」

突然出た名前に驚いて顔を上げると、ヴェルナーと目が合う。その瞬間、彼の表情が歪んだような気がして、ルイーゼは半歩足を引いた。

だが、それも一瞬のこと。

ヴェルナーはすぐに元のへらっとした顔に戻ると、一礼して踵を返した。

「今日はこれで失礼しますよ、皇妃陛下」

「あ、え、ええ……」

先程とは打って変わったあっさりした態度に戸惑ったものの、解放された安堵感の方が強い。だが、彼の口から出たアドリーヌの名と、一瞬見たような気がするヴェルナーの表情が、ルイーゼに不安を与えていた。

「すまなかった」

朝食の席で久しぶりに顔を見たエーレンフリートは、ルイーゼの姿を見るとそう言って頭を下げた。

「え、エー……へ、陛下、どうなさったの……」

おろおろしながらようやくルイーゼが口を開く。そのルイーゼに、エーレンフリートは真面目な表情で席に着くように促すと、自分も同じように席に着いた。

そのうえで、そばの侍従に人払いをするよう申し付け、食堂にいるのはルイーゼとエーレンフリートの二人だけになる。

――え、一体何が……？　ま、まさか、本当に私と離縁して、アドリーヌさまをもう一度……？

先程、ヴェルナーからその名を聞いて、ルイーゼはあの時の秘密の恋人だと思っていた女性がそうなのだろうと予想をつけていた。それから何度となく胸に沸いた想像が現実になってしまうのだろうか。

自分の想像に震え、青ざめたルイーゼに向かって、エーレンフリートは少し困ったように笑った。

「そんなに固くならないで。きみにはただ、謝りたいだけなんだ」

「何を、ですか……？」

嫌な想像ばかりが膨らんで、息をするのが苦しい。何もかもエーレンフリートに話そうと決意したばかりだというのに、それすらできないのかと思うと涙が出そうになる。

「アドリーヌのことだ」

「アドリーヌ、さまの」

やっぱり、と叫びだしたい気持ちを堪えて、ルイーゼはなんとか口をつぐんだ。だが、指先が冷たくなり、身体が震えるのは止めようがない。

その様子に気付いたのか、エーレンフリートが立ち上がると、ルイーゼの傍に膝をついてその手を取った。

「……知っていたのか」

「その……今朝、お聞きして……先日の方がそうなのですよね……？」

今朝、と小さくエーレンフリートが呟いた。訝しげな顔つきになったが、今はそれを追及する時ではないと思ったのだろう。

頷いて、言葉を続ける。

「まだ、理由を話してはもらえていないんだが、だいぶ体が弱っているというのでしばらく城で面倒を見ることにした。俺にとっては——妹のようなものだし、気になることもあったからな」

「い、いもうと……」

「ああ。八歳から面倒を見て……いや、一緒にいたからか、やはりそう思うのがしっくりくる」

ルイーゼは目を閉じた。

嘘が嫌いだ、といったエーレンフリートの言葉だ、それは本当のことだろう。ようやく肩の力が抜け、ルイーゼの身体がふらりと揺れた。

慌てたように、エーレンフリートがそれを支えてくれる。

「わ、わたし……」

「うん？」

「あの方が、エーレンフリートさまの特別な方なのかと、思って」

いつの間にか、ルイーゼの手はしっかりとエーレンフリートの上着を握りしめていた。そこに熱い雫が落ちて、自分が泣いていることに気付く。

「あ」

「いい、悪かった……そんな風に思わせていたとは……考えが足りなくて、本当に、俺は……」

立ち上がったエーレンフリートが、優しくルイーゼの肩に手を回し、抱きしめる。その胸は、先日感じたとおり暖かい。

「……シャルルが見つかれば、アドリーヌがここへ来た理由も、何もかもがすぐにわかるだろうと思って、ずっと捜していたんだ」

「……シャルル？」

耳慣れない名前に思わず疑問の声を上げたルイーゼに、エーレンフリートが短く「アドリーヌの夫だ」と教えてくれた。

――お、夫……？　アドリーヌさまは既婚者でいらしたの……？

エーレンフリートの前妻であった彼女について、ルイーゼは詳しいことを知らない。ルイーゼの周りにはそうしたゴシップを好む人間がいなかったこともあったし、あまり社交の場に出なかったことも影響しているだろう。

温かい掌が背中をさすり、ルイーゼを落ち着かせようとしている。それに合わせてか、少し低いエーレンフリートの声は、驚くほどすんなりとルイーゼの中に入ってきた。

「国境で、ロシェンナ王国の近衛が動いていたという話もあって、少し慎重になっていた。幸い、シャルルはきみのおかげで見つかったんだが……」

「え？」

意外な言葉に驚いて、ルイーゼは顔を上げた。涙に濡れた頬を見たエーレンフリートが、それをそっと拭ってくれる。くすぐったさに少し笑うと、エーレンフリートも安心したように笑顔を見せた。

「きみが真面目な皇妃だったおかげだな。孤児院で保護してくれた男、彼がシャルルだ」

「ま、まあ……」

思わぬ展開に驚いて、ルイーゼはそれしか口にできない。

「昨夜遅くに、アルフォンスがその知らせを持ってきてくれた。クラッセン侯爵はシャルルの顔を見たことがあったらしい。まあ、彼も長くここにいたからな」

「そ、そうだったのですか……」

そういえば、とルイーゼはあの時の父の姿を思い出した。確かに男の顔を見た時、父は少し驚いていたようだ。

娘が突然病人を運び込んだせいかと思っていたが、そうではなかったらしい。

やけに城に早く帰るよう促していたのも、ルイーゼがエーレンフリートにこのことを報告するのを早めようとしたのだろう。

「申し訳ありません……ご報告していなくて」

「いや、いいんだ。ただの病人一人くらい、皇妃の権限で面倒を見ても。それに……」

言葉を切ったエーレンフリートが、ルイーゼの顔を覗き込んだ。

「俺が事情を話していれば、きみだってシャルルのことに気付いただろう。俺が判断を誤り、きみを蔑ろにしたせいなんだ。ルイーゼ、すまなかった」

「エーレンフリートさま……」

ふるふると首を振って、ルイーゼはもう一度エーレンフリートの胸に顔を埋めた。

◇

はあ、と安堵のため息をもらしそうになって、エーレンフリートはそれを呑み込んだ。

——話をして、良かった……

ルイーゼがまさかそんな誤解をしているとは思わなかったエーレンフリートだったが、よくよく考えれば、飛びついてきた女を理由も話さず滞在させていたのだ。立派な不貞行為だと指をさされてもおかしくなかった。

——はあ、俺は本当に……

情けないところをルイーゼから隠そうとすればするほど、逆に情けないところを見せる羽目になっている。

アドリーヌについても詳しいことを話せば、エーレンフリートはつまり、妻を寝取られた男、という不名誉極まりない事態についても話さざるを得ない。実際には妻というより妹のようなものだったが、事実だけを見ればそうなるだろう。

——これもそのうち、話さないといけないのか……

そう思うと気が重い。だが、ルイーゼとの間に隠し事はないほうがいい。

だが、それはまた日を改めよう、とエーレンフリートは思った。今は彼女に謝罪ができ、生まれていた誤解を解けたことで良しとしなければ。

「さ、朝食にしようか」

「……はい」

ハンカチを取り出したルイーゼの手からそれを取りあげると、エーレンフリートは丁寧に涙をぬぐってやる。恥ずかしそうに俯いたルイーゼの頤に手をかけて上を向かせ、その顔に涙の跡がないことを確認して、エーレンフリートは笑みを浮かべた。

「お、おかしくないですか？」

「うーん……ちょっと鼻が赤いか？　でも、かわいいよ」

エーレンフリートは思ったままを口にした。だが、それを聞いたルイーゼの頬が赤く染まったかと思うと、つんと顔をそらされてしまう。

「どうした」

「み、見ないでください……変な顔だわ、きっと」

どうしましょう、と呟くルイーゼがあまりにもかわいく見えて、エーレンフリートは頬が緩みっぱなしだ。

「大丈夫、おかしくないよ……さ、早く朝食にしよう。お腹が空いただろう？　今日はいつもより多めにしてもらおうか」

「……いつも通りで大丈夫です」

——唇を尖らせた姿もかわいい。

にやけた顔の皇帝に呼ばれた給仕は、滅多に見ない表情に驚いたが、懸命にも表には出さなかった。


その朝食後、ルイーゼからの提案にエーレンフリートは目を瞬かせた。

「きみが？」

「ええ、アドリーヌさまとぜひお話させていただきたいのです」

ゆっくりと頷くと、ルイーゼは言葉を続ける。

「その、差し出がましいかとは思うのですが……ちょっと考えてみたのですが、アドリーヌさまは、もしかしたらエーレンフリートさまにはお話がしづらい事情がおありなのかも。私に話をしてくださるかはわかりませんが、女同士なら何か聞かせていただけるかもしれません」

「ふむ……」

なんらかの事情があるようだが、話してもらえていない——というのは朝食の時にも話題にしたが、その観点はなかった。

エーレンフリートは腕組みして唸った。ここ二日ほど様子を見に行けていないが、体調はだいぶ良くなったと聞いている。食事も病人食から軽めの通常食に移行したとのことだ。

食事をしない、などというわがままも鳴りを潜め、一人部屋でおとなしくしているという。

——話程度なら問題ないとは思うが……

とにかく、アドリーヌの意見も聞いてみないことには頷けない。ルイーゼの気持ちはありがたいが、逆に刺激しかねない立場でもある。

「……わかった。だが、アドリーヌに話をして、いいと言ったら」

「ええ、もちろん……！」

何度も頷くルイーゼに、また笑みがこぼれる。

今日の予定を聞き、急ぎの仕事がないことを確認すると、部屋で待つように言い置いて、エーレンフリートはいったん執務室へ向かい、バルトルトを伴ってアドリーヌの元へ向かった。

「エーレンフリートさま……」

「調子はどうだ、顔色は……だいぶ良くなったな」

賓客用の客室は、表にある居間と奥にある寝室に区切られている。居間のソファに座ったアドリーヌは、来訪したエーレンフリートの顔を見ると少しだけ表情を強張らせた。

立とうとしたのを制し、安心させるように微笑んでみたものの、どうにもぎこちない空気が漂う。

彼女が着用しているのは急遽用意させた間に合わせのドレスだが、そのウエストが少し余っている。改めてそれに気が付いて、エーレンフリートは眉をひそめた。

——こんなに痩せてしまって……表情も、あの頃とはずいぶん変わってしまった……。何があった……

どうぞ、と促されるままにバルトルトと並んでソファに座る。女官が流れるような仕草で三人分のお茶を用意して、テーブルの上にカップが並んだ。

「アドリーヌ、実はな……ルイーゼ、その……俺の、妻なんだが……」

「ああ、そういえばご結婚されたのでしたわね。皇妃陛下はルイーゼさま、と仰るの？」

どう話を切り出すか迷っていたエーレンフリートに対し、アドリーヌの返答は落ち着いていた。声音にも何の含みも感じられない。むしろ、呆れたような顔をしたのはバルトルトである。

それを無視して「ああ」と頷くと、アドリーヌは少し微笑んだように見えた。

「そう、おめでとうございます。……わたくしが言うのも、変ですけれど」

「あ、ああ……いや、ありがとう」

どうにも妙な感じだ。エーレンフリートが思わず頬を掻くと、アドリーヌは今度こそ笑い声をあげた。

「ふふっ……その癖、お変わりにならないのね。……懐かしいわ」

「癖？」

「エーレンフリートさま、昔も困るとそうやって頬を掻いてらしたわ。わたくし、そんなことばかり覚えて……」

アドリーヌは何かに気付いたように途中で言葉を止めた。そうして、微笑んだまま少し肩をすくめてみせる。

「わたくし、昔からエーレンフリートさまを困らせてばかりいたのね」

「……そうかもな。なあ、アドリーヌ……その、ルイーゼが、きみと話をしたいそうだ」

「……ルイーゼさまが？　そう……」

何かを思案するかのように、アドリーヌの視線が宙を彷徨(さまよ)う。ぬるくなったお茶を口元に運びながら、エーレンフリートはじっとその様子を見つめた。

――昔と変わらない、か。きみは随分(ずいぶん)変わったのに……

それだけ自分が頑(かたく)なに生きてきたことに気付いて嘆息(たんそく)する。

あれから、たった一年半。だというのに、アドリーヌはあの頃のアドリーヌではない。自分だけが取り残されたような気がして、少しばかりの寂しさが胸をよぎった。

「ええ、そうね……ルイーゼさまなら……」

ぽつり、と呟くようにアドリーヌは口にした。

「いいわ……ルイーゼさまに、わたくしもお会いしたい。もちろん、変なことはいたしませんわ。二人だけでお話したいの……いいかしら」

これまでどこかぼんやりとしていたアドリーヌの目が、その言葉と同時にしっかりとエーレンフリートを見る。

エーレンフリートが一瞬逡巡(しゅんじゅん)してから頷(うなず)くと、その目が安心したように細められた。

「ああ、ルイーゼさまがご心配なら……そうね、話が聞こえない程度のところにいてくださるのなら、同席でも……」

「いや、問題ないだろう。ルイーゼも、二人で話したいと言っていた」

それを聞いて、アドリーヌの表情が一瞬だけハッとしたものに変わる。だが、すぐに微笑みを浮かべると、はい、と小さく頷いた。

◇

「お初にお目にかかります、皇妃陛下。アドリーヌでございます」

そう言って礼をしたアドリーヌの姿を見て、ルイーゼは目を瞬かせた。

聞いていた話によれば、アドリーヌは十八歳か十九歳。ルイーゼよりも二つ年下で、グラファーテで言えばとっくに成人を迎えている年齢だ。だというのに、その容貌は少し幼ささえ感じさせる。

身体が弱っていてだいぶ痩せてしまっているとは聞いていたが、それだけではない儚さが滲み出るような少女、だった。

二人が会う場所は、日差しの柔らかなサンルームに席を作ってもらった。身体の弱っているアドリーヌを移動させるのは、と渋ったルイーゼだったが、全く目の届かないところではいくらなんでも心配だと言われてしまえば仕方がない。

「アドリーヌさま、どうぞ私のことはルイーゼと。気を楽になさって」

「ありがとうございます」

二人分のお茶を用意した女官が下がると、二人の間には沈黙が落ちる。話を聞く、とは言ったものの、ルイーゼは話をどう切り出すか考えあぐねていた。

その沈黙を破ったのは、アドリーヌである。

「まずは、ルイーゼさまに謝罪を。わたくしのようなものが突然やってきて、大変気分を害されたことと思います。申し訳ございませんでした」

「あ、いえ……それは、いいのです。あの、お身体の方は……？」

「おかげさまで、だいぶ回復いたしました。エーレンフリートさま……いえ、皇帝陛下にも、大変ご迷惑を」

そこまで言って、アドリーヌが一瞬俯(うつむ)いた。長い金の髪が邪魔をして表情は見えないが、その腕が少し震えている。

サンルームの中は日差しで温められているから、寒くはないだろう。おそらく緊張しているのだ、と気が付いて、ルイーゼは彼女の気持ちが落ち着くのを待つことにした。

やがて、アドリーヌが再び顔をあげる。その緑色の瞳には、先程までの儚(はかな)さとは違う、意志の強さが宿っていた。

「……ルイーゼさまは、わたくしがどうして陛下との婚姻を無効とされたか、お聞きになっていらっしゃいますか？」

「……いいえ」

そういえば、すっかり忘れていた。ただ、噂には聞いている。それが事実かどうかはわからないが。

――聞いても、いいのかしら。

そういったルイーゼの逡巡(しゅんじゅん)に気が付いたのだろう。アドリーヌは寂しそうに笑うと、声を潜(ひそ)めた。

「陛下が話されていないこと、わたくしから言ってしまうのは良くないと思うのですけれど……この先の話にかかわることなので申し上げます。よろしいでしょうか？」

ルイーゼは少しだけ迷った。だが、アドリーヌが事情を話してくれるつもりがあるのなら、聞いてしまった方がいいだろう。そう判断して頷く。

「わたくしと陛下の婚姻は、ロシェンナ王国の成人年齢にあわせ十八になるまで白い結婚――という条件でした。ですが、それを目前にした十七の歳に、わたくしが妊娠したのです」

「――妊娠？」

「ええ。もちろん……といったらおかしいですね。相手は、陛下ではない、別の方でした」

ということは、噂は本当だったのか。ルイーゼが息を呑むと、アドリーヌは苦笑した。

「人の口に戸は立てられない、というのは本当ですね。ご存じでしたか」

「いえ……その、エーレンフリートさまは公にはなさいませんでしたから。まあ、憶測混じりの噂程度で」

そう、とアドリーヌは小さく口の中で呟いた。口の端にうっすらとした微笑を浮かべ、サンルームに置かれた観葉植物に視線を移す。

冬の初めのこの時期でも、それは緑色の葉を揺らしていた。

「父は、わたくしには甘かった。八歳で他国へ送った負い目もあったのでしょう。国へ戻ったわたくしは、領地から出ず、社交界にも姿を見せないことを条件に、その相手との結婚を許されました」

「では、お子さまは……？」

計算上、その子どもはおおよそ一歳になるかならないか、といったところだろう。その子を家に置いてきてしまったのだろうか。

心配するルイーゼに、アドリーヌは視線を戻さぬまま、ぽつりと続けた。

「……流産でした」

「そ、それは……」

なんと言っていいのかわからず、ルイーゼは唇を閉ざした。儚げな容姿と身長から考えるに、アドリーヌは少し発育が良くなかったのだろう。それが、原因の一つだったかもしれない。

というより、ロシェンナ王国の人間は、総じてグラファーテ帝国の人間よりも少し小さい。成人年齢には意味があったのだ、と改めて感じる。

「バチが、あたったのだと思いました。陛下は優しくしてくださっていたし、信頼してくださっていたと思う……なのに、それを裏切った罰なのだと」

「そんなことは」

否定しようとしたルイーゼに向かって、アドリーヌは首を振る。ルイーゼははっとした。

――そう思うことで、流産を乗り越えられたのね……

唇を噛みしめて俯いたアドリーヌは、もういちど首を振ると、気持ちを落ち着けようとしてか、お茶に手を伸ばした。

一口含んで飲み込むと、その唇からほうっと息がもれる。ルイーゼも喉の渇きを感じて、同じようにお茶を口に運んだ。

「……ところが、それだけでは済みませんでした。わたくし、それが原因で……」

ぽちゃん、と小さな水音がする。はっとして顔をあげると、俯いたアドリーヌの頬から伝った涙が、お茶に小さな波紋を作っていた。

「もう、子どもを持つのは難しいだろう、と……」

「そん……な……」

もはや何を言うこともできず、ルイーゼは絶句した。まだ十八、十九の娘が負うにしては、辛すぎることだ。

ぽろ、とまた涙がこぼれ、今度はカップを持った手に雫が落ちる。その姿にかける言葉さえ持てず、ルイーゼはその姿を見つめ続ける。

しばらくすると、涙に震える声で――だが、アドリーヌははっきりとその先を続けた。

「シャルルは……あ、夫です。夫は、それを聞いたとたん、他所へ通うようになりました」

「なんてこと……！」

ルイーゼが憤ると、アドリーヌはうっすら微笑んだようだった。

「……全部、自分の招いたこと、というのはわかっています。あの頃はただ不安で……自分の身体が小さいから、グラファーテでは成人の年齢なのに陛下は見向きもしてくださらないのかと……。そこで、安易にシャルルに縋ってしまったわたくしが一番愚かだったの……。その報いを受けているのです」

「アドリーヌさま、そんなことはありません」

ルイーゼはきっぱりとその言葉を否定した。俯いていたアドリーヌが、その言葉にはじかれたように顔をあげる。

涙に濡れた緑色の瞳に指を伸ばすと、ルイーゼはその涙を優しく拭った。

「確かに、エーレンフリートさまを頼らなかったのはアドリーヌさまの責です。でも、だからといって十六、七の女の子に縋られて、安易にアドリーヌさまと深い関係になったそのシャルルとかいう男にも責はあります。ましてや、子どもが望めなくなったら他所へ……？　許しがたい話です」

きっぱりと断言したルイーゼの顔を、アドリーヌは放心したように見つめている。

その表情が、一瞬笑ったかと思うと、再びその瞳から涙があふれ出した。

「わた、わたくし、それで、もう、頼る方、エーレンフリートさましか、おもい……っ」

「ええ、わかります」

「もう、二回も、失敗して、王宮になんか、かえれなっ……」

「ええ、わかります……安心なさって」

ルイーゼは立ち上がると、アドリーヌの傍へ行ってその身体を抱きしめた。ぽんぽん、と背中を叩いてやると、わっと泣き出したアドリーヌがルイーゼの身体に縋り付く。

そのすっかり痩せた小さな身体を撫でさすってやりながら、ルイーゼはエーレンフリートと自分のことに思いを馳せていた。

アドリーヌを落ち着かせ、それからもしばらく話を聞いていたルイーゼが彼女と別れたのは、かなり時間が経ってからのことだった。

「そうか、やはり……いや、しかし、そうだとするとシャルルは……？」

「さあ……ただ、アドリーヌさまは覚悟なさっての家出だったとのことで、離縁の書類も国王陛下へのお手紙も整えてきたたと」

事前にエーレンフリートに話の内容を伝えることは構わない、と許可をもらってはいたものの、彼女の気持ちを考えると口が重くなる。ルイーゼが全てを話し終える頃には、既に夕日の時刻を迎えていた。

窓から見える空は徐々に茜色に染まり始めており、青かった空はその色を濃くしている。その色は、今のルイーゼの重い気持ちを表しているかのようだった。

「助けるのではありませんでした、あんな男。知っていたら……」

つい口をついた言葉にハッとして、ルイーゼは口元を押さえた。その頭をぽん、と優しくエーレンフリートの手が撫(な)でる。

うつむき加減の視線をあげると、琥珀色の瞳が困ったようにルイーゼを覗(のぞ)き込んでいた。

「知っていても助けただろうよ、きみは」

その言葉に思わず目を見張ったルイーゼの視線の先で、エーレンフリートが優しく微笑む。それを見て、ルイーゼはなぜか泣きたい気持ちになった。

そう、自分でもわかっている。おそらく自分は、知っていてもシャルルを保護しただろう。俯いて、その理由を口にする。

「……その、シャルルからも話を聞かねばなりませんから」

「そうだ」

エーレンフリートはルイーゼの言葉に頷いた。

アドリーヌの話が本当だったとしたら、シャルルにはそれ相応の報いを与えなければならない。

だが、何かしらの誤解が生じている可能性も無視できないのだ。

――そう、誤解があるかもしれない……

ちょうど自分が、アドリーヌとエーレンフリートの間を邪推したように。

――だから、私もきちんとエーレンフリートさまとお話をしなければ。

勝手に相手の気持ちを推し量るのではなく、きちんと言葉で伝え合わなくてはいけない。先刻、アドリーヌを慰めながらルイーゼが思ったのは、そんなことだった。

「……実は私、エーレンフリートさまに謝らねばならないことがあるのです」

そうルイーゼが切り出すと、エーレンフリートは驚いたように目を瞬かせた。少しだけ傾げられた首の上の顔には、かすかに眉根が寄っているのが見える。

「きみが、俺に？　まさか、きみはよくやってくれている。謝るようなことは、何も――」

「いいえ、聞いてください。私、あなたに嘘をついたのです」

「……嘘？」

エーレンフリートの声に、訝しげな色が混じる。それを聞いて、ルイーゼはこぶしを握りしめた。ぎゅっと握った手は、爪が柔らかな部分に食い込んで痛いほどだ。だが、その痛みさえもがルイーゼの決意を後押しした。

――言うのよ、ルイーゼ。

緊張のあまり乾燥した唇を舌で湿らせて、ルイーゼは視線をあげる。エーレンフリートの訝しげな眼差しに怯みそうになりながらも、なんとか口を開く。

「先日――エーレンフリートさまが私の体調をお気遣いくださった時のことです」

「ああ……そういえば、顔色が随分悪かった日があったな」

「はい。……あの時、エーレンフリートさまが優しいお言葉をかけてくださったのに……私、嘘を申し上げました。私、本当はあの時……」

じわ、と瞳に涙が浮かびそうになる。だが、それを零してはいけない。泣いてしまえば、きっとエーレンフリートは優しいから「許す」と言ってくれるだろう。だが、それはあまりにも卑怯な手段だ。

ぐっと唇を噛みしめてそれを堪えると、ルイーゼは改めて口を開いた。

「――エーレンフリートさまは、その……私との間に、お子を……作るつもりはおありなんですよね？」

「は……？」

唐突な話題に、エーレンフリートの口からは素っ頓狂な声が飛び出した。琥珀色をした瞳がせわしなく瞬き、彼の動揺を伝えてくる。

ルイーゼはそれを見て、あ、と小さく口を押さえた。あまりにも脈絡なく飛び出してしまった言葉に慌てて、必死に言葉を続ける。

「も、申し訳ありません……その、実は、あの時……本当はそのことを考えていたのです」

「い、いや、その……」

うろたえたように周囲を見回したエーレンフリートが、口元を手で押さえる。それとは反対の手が、ぽりぽりとほんのりと朱に染まった頬を掻いた。

だが、必死で話をするルイーゼは、その様子には気付かない。

「いえ、当然お世継ぎが必要なのですから、そのおつもりなのだとは思っていました。けれど、私……もし、陛下が、エーレンフリートさまが、お世継ぎだけを目的とされていらっしゃったら……そう思うと、なんだか辛くなってしまって……それで、あの時、本当のことを申し上げられなかったの……」

そこまで一気にまくし立てたルイーゼだったが、とうとう言葉に詰まってしまった。

どうして辛くなったのか、ルイーゼはもう自分の中にその答えを見つけていた。あの時はもう、とっくにエーレンフリートを愛してしまっていたからだ。

――それを、言わなくちゃ……

だが、先程は堪えられた涙が、今度こそ堰を切ってあふれ出しそうになる。涙を見せまいと慌てて後ろを向こうとしたルイーゼだが、それは叶わなかった。

エーレンフリートが、その腕を掴（つか）んだからだ。

「も、申し訳ありま――」

「ルイーゼ、俺こそすまなかった……」

掴（つか）まれた腕を引き寄せられ、ルイーゼはエーレンフリートの胸にしっかりと抱え込まれていた。背中に回された腕は力強く、簡単には抜け出せそうもない。

――え、な、なに……？

自分が謝罪をしていたはずなのに、逆にエーレンフリートから謝罪を受けている。訳がわからなくなって、ルイーゼは呆然とエーレンフリートの腕の中に納まっていた。

「俺は――怖かったんだ」

「こ、怖い……？」

呟くように、エーレンフリートはそうもらした。

抱き寄せられているせいで、彼の顔が耳のすぐそばにある。そこで話をされると、呼気が耳をくすぐって、なんだかそわそわしてしまう。

もぞ、と身を捩（よじ）ろうとすると、エーレンフリートの腕にこめられた力がまた強くなった。

「俺が、その……無体（むたい）なことをすれば、きみは離れていってしまうのじゃないかと……」

「む、無体（むたい）……っ？」

ひ、と一瞬息を呑んだルイーゼの耳に、自嘲するような笑い声が響く。

「……どうも、俺は……きみのことが、好きになってしまったようだから」

「えっ、え……？　ええっ……!?」

「そう驚かれるのも無理はないが、結構複雑だな……」

今度は困ったような声で、エーレンフリートが続ける。

「……きみは、議会が決めた俺の妻だ。だから、そう――不安にさせたんだろう。俺の態度も悪かった。きみを、好きになればなるほど、近づくだけで触れたくなる。身体ごと全部奪いたくなるから」

だから、きみにどう接していいかわからなかった――と続いた言葉は、吹けば飛ぶような小さな声だった。

その耳元を掠(かす)める息も、ルイーゼを抱きしめる腕も、押し付けられた胸元も、すべてが熱く感じられる。

全身が心臓になったのでは、と疑いたくなるほど鼓動が激しくなるのを自覚して、ルイーゼの頬が熱を帯びた。

「――本当は、きみに俺を好きになってもらいたかった。そうすれば、きっときみは――俺の元から去ったりしない。そう思ったから……だが、なかなかうまくはいかないものだな」

掠(かす)れたため息が聞こえて、そっとエーレンフリートが抱擁(ほうよう)を解く。見上げた先にあるのは、少し切なそうな琥珀色の瞳だ。そこに自分が映り込んでいる。

――エーレンフリートさまが、私を……好き？

もう一度、言われたことを胸の中で繰り返す。その言葉をゆっくりと呑み込んで、ルイーゼの胸の中に生まれたのは、純粋に喜びの感情だけだった。

「わ、私も……私も、エーレンフリートさまのこと、す、好き、です……」

まっすぐに顔を見ていられなくなって、ルイーゼは今度は自分からエーレンフリートに抱き着いた。飛び込んだ胸の奥、彼の心臓もルイーゼに劣らず早い鼓動を刻んでいることに気が付いて、ますます愛おしさが湧いてくる。

ぎゅうっと腕に力をこめると、今度は恐る恐るといった態で、エーレンフリートが背中に大きな掌を載せた。

「ほ、ほんとに……？」

そう問う声が、震えている。こくり、とルイーゼが頷くと、背中に回された手にぎゅっと力が籠った。

二度、三度と背中を撫でたその手が、今度はルイーゼの銀の髪に触れ、結った髪を乱れさせてゆく。ぱら、と落ちた一房を手に取ると、今度はそこに口付けが落ちてきた。

その間にも、エーレンフリートは何度も同じ言葉を繰り返した。

「ルイーゼ、本当に……？」

あまりにも何度も確認されて、思わずルイーゼの唇から笑い声がこぼれる。いつの間にか頬を撫でていた手がその唇をなぞり、気付けばエーレンフリートの方を向かされていた。

再び、彼の琥珀色の瞳に自分の姿が映っているのが見える。

吸い寄せられるかのように、その瞳が近づいて——そして。

「陛下、陛下！　こちらですか!?」

どんどん、と激しくノックをする音と、バルトルトがエーレンフリートを呼ぶ大音声がその場に響き渡った。

◇

バルトルトがもたらしたのは、シャルルが意識を取り戻したという知らせだった。

「何か話は聞き出せたのか？」

「いえ、そちらはまだ。意識は戻りましたが、まだ話をするのは辛そうでしたので」

そう答えたのは、クラッセン家から知らせを持ってきたルイーゼの弟、アルフォンスである。バルトルトとともに姿を見せた彼は、明らかに不機嫌そうなエーレンフリートと真っ赤な顔で俯いている姉を交互に見た後、にやにやとした笑みを口の端に浮かべている。

ルイーゼがそれを軽く睨みつけているが、顔が赤いままなので全く迫力がない。むしろかわいい。

満足げにそれを見つめていると、不意にバルトルトが「んんっ」と咳ばらいをした。

「……なんだ？」

「いえ、言いたいことも聞きたいことも山のようにあるんですがね、それよりどうします、シャルルの件は」

「そうだな……アルフォンス、シャルルの身柄はこちらに移せそうか？」

睨(にら)んでくる姉と視線で会話をしていたらしいアルフォンスが、その言葉を聞いて向き直ると首を振る。

「いえ、まだ無理かと」

「なら……クラッセン家へ出向こう。辛そう、ということは話ができなくはないのだろう。こちらから用意した質問に答えてもらうだけにすればそう負担にはなるまい」

早くこの件にカタをつけて、ルイーゼと過ごしたい。そのささやかな希望がエーレンフリートを突き動かしていたが、バルトルトは冷淡に首を振った。

「だめですよ、陛下。直(じか)にシャルルに話を聞きたい気持ちは汲(く)みますが、明日以降でお願いします。もうホント、陛下がずーっと皇妃陛下とアドリーヌさまを見張ってるから政務が滞(とどこお)ってるんですよ！　勘弁してください！」

無理を言って、二人の会話を遠くから見ていたのはエーレンフリートである。心配ないだろうと思いながらも、やはり気になって仕方がなかったのだ。

だから、そこを突かれてしまうと弱い。

仕方なく、明日クラッセン家を訪問することにする。未練がましい視線をルイーゼに送りながら、エーレンフリートはおとなしくバルトルトに腕を引かれて執務室へと向かった。

その日、ため込んだ仕事を処理するのに夜中までかかったのは言うまでもない。エーレンフリートは恨みのこもった目で自分を見る側近と共に、味気ない夜食を摘(つ)まみながら書類仕事に追われたのだった。

翌日、ぎりぎりまで仕事を調整したバルトルトの疲れ果てた顔に見送られ、エーレンフリートはクラッセン家を訪問していた。妻の実家とはいえ、おおっぴらに訪れるわけにもいかず、護衛を二名ほど連れただけのお忍びである。

クラッセン侯爵とアルフォンスに迎えられ、早速シャルルの病室へと案内されたエーレンフリートは、寝台に横になったその姿に目を見張った。

「……随分、やつれたな」

「……陛下」

慌てて起き上がろうとするシャルルを制し、人払いを済ませると、エーレンフリートは傍にあった椅子に腰を下ろす。

そうして改めて向き合った彼は、たった一年半ぶりだというのに、記憶にある姿よりもずっと歳をとって見えた。

――まだ、三十代半ばほどであるはずだが……

その驚きが顔に出ていたのか、シャルルがふと苦笑めいた笑みを口元に浮かべる。

「お見苦しい姿をお目にかけ、申し訳ございません。……いえ、再び陛下の前に姿を見せるなど……」

「いや……それは、もういい」

エーレンフリートは首を振った。

ルイーゼに出会えていなかった自分であれば、彼の言葉に「全くだ」と頷(うなず)いただろう。だが、今は違う。彼とアドリーヌの犯した間違いがなければ、出会えなかった人と出会えた。

それを思うと、二人のことさえもが必然であったように思われる。全く、人の気持ちというのは都合よくできているものだ、と苦笑した。

「今日、ここへ私が来た理由はわかるな」

「はい。……アドリーヌのことでしょう。……私の言葉が足りないばかりに、彼女には……っ」

言葉の途中で、シャルルはごほごほと咳込(せきこ)んだ。身体を起こしてその背中をさすってやると、シャルルはひどく動揺して何度も首を振った。

「も、申し訳ありません……」

「いや、いい。まだ調子が戻っていないことを承知で来たのだ。むしろ、おまえには負担をかける」

いえ、と首を振ったシャルルをもう一度寝かせると、エーレンフリートは「つらくなったら言ってくれ」と前置きして話を始めた。

「アドリーヌの言い分は、その……おまえとの子を流産したのち、子を成せない身体になった。すると途端に、おまえは他所(よそ)に女を囲い始めた——というものだが、それは事実か？」

シャルルは弱々しく、だがはっきりと首を横に振った。顔をしかめ、目をぎゅっと閉じたその表情が、彼の苦悩を物語っている。

「そうでは……ないのです。いえ、事実、アドリーヌは子を産めない身体になりました。……それはきっと、私への罰だったのでしょう……」

目を閉じたまま、シャルルはゆっくりと話を始めた。時折咳込みはするものの、口調はしっかりしている。ただ、その声は苦渋に満ちていた。

「ただ、我が家にはそれでも跡継ぎが必要でした。そこで……私は領内に住む遠縁の女性に目を付けたのです。彼女は、子を産んで間もなく夫を亡くしていて、生活に、困っていた。……そこで、その子を……養子に貰えないか、と話していたのです」

「……養子か。しかし、それをなぜ、アドリーヌに話さなかった？」

「話し合いが難航して……その子を貰えなければ、次に私に期待されるのは、それこそアドリーヌの言う通り、他所に女を囲ってその女に子を産ませることになります」

はあ、と大きなため息がシャルルの唇から洩れた。それと同時に、閉じていた目が開き、空を見つめる。

「そうなる可能性を、アドリーヌの耳に入れたくなかった……」

緩く首を振ったシャルルが、今度はエーレンフリートの顔をまっすぐに見上げた。皮肉気な笑みが口元に浮かんでいる。

「だというのに……逆にそれがこんな……」

絞り出すように呟いたシャルルは、とうとう気力の限界を迎えたのか、再び目を閉じてしまう。

その荒い息を聞きながら、エーレンフリートは質問を続けた。

「養子のほうはどうなった？」

「未だに色よい返事は貰えません……」

そうか、とエーレンフリートは渋い顔で頷いた。しかし、ふと一つの疑問が浮かぶ。

グラファーテ帝国内でも、子どもに恵まれなかった夫婦が養子を取った例はいくつもある。だが、それは乳児や幼児に限らず、縁戚の中から特に優秀な青年を見つけてきた場合もあったはずだ。

「どうして、乳児を選んだ？　他にも選択肢はあるだろう」

「……私の勝手な思いですが、アドリーヌに……赤ん坊を抱かせてやりたかった……」

シャルルの声には、アドリーヌに対する深い同情と、それを上回る愛情があった。そうか、と一言だけ発すると、エーレンフリートは何かを考えるように黙り込む。

しばらくの間、室内に静寂が満ちた。

「話はわかった。おまえたちに必要なのは、きちんと自分の考えを相手に伝えることだ。……アドリーヌは、しばらく城で預かっておく。シャルル、おまえは養生したのち、城へ来て彼女と話し合え。場所は用意してやる。……そうだな、冬花の祭までには傷も癒えるだろうし、体力も戻るだろう」

エーレンフリートは立ち上がり、寝台に横たわるシャルルを見下ろした。

「おまえのことだ、馬鹿正直にロシェンナの国王に報告してきたのだろう。そちらには、私から話を通しておいてやる。今はゆっくり体を休めることを考えろ」

「……ありがとう、ございます……」

シャルルの涙交じりの謝辞が聞こえた時には、既にエーレンフリートは彼に背を向けていた。

ただ、背後でシャルルが息を殺して泣くのだけは、気配でわかった。

第八章　皇帝と皇妃の一番長い日

翌日、エーレンフリートからシャルルの話を聞かされたルイーゼは、ほっとしたような笑みを浮かべた。

二人が今いるのは、先日アドリーヌとルイーゼが二人で話をしたサンルームだ。本当なら庭を散策したいところだったが、庭園改装の準備が始まっているために立ち入りできなくなっていた。

——最後にもう一度、あそこでお茶をしたかったけれど……仕方ないわね。

春までに改装を終わらせたい、というのがエーレンフリートの意向らしい。かなり口出しもしているらしく、片目をつぶった彼は「楽しみにしていてくれ」と言って笑っていた。

「正直なところ、アドリーヌさまからお話を伺(うかが)っている間も……アドリーヌさまがまだシャルルさまを想っていらっしゃるのがわかったので……よかった、と思います」

「複雑だが、シャルルも同じだ。あいつらに足りないのは言葉だな……」

ロシェンナ王国にいる密偵からも、シャルルの話を裏付けるに足る報告が来ていた。そう付け足したエーレンフリートの複雑そうな顔を見つめて、ルイーゼはくすりと笑う。

「言葉が足りない、ですか……」

「まあ、俺が言うな、という気がしなくもないがな」

「ま、それを言ったら私もです」

肩をすくめたエーレンフリートに、おどけるようにそう言うと、彼もくすりと笑った。そのまま、二人でしばらく笑い合う。

――こうして、二人で同じことで笑い合えるようになるなんて……最初の頃は、思ってもみなかったわ。

結婚した当初は、女性不信だとか女嫌いだとか噂されていたエーレンフリートと、こうして気持ちを通じ合わせることができるなどとは、想像もできなかった。せいぜい、夫婦として信頼感で結ばれれば――などと思っていた日々が遠くに思える。

――実際には、それほど経っていないのだけれど、不思議なものね……

物思いに耽（ふけ）っていたルイーゼは、伸びてきた腕に気付かなかった。頬に感じるくすぐったさと暖（あたた）かな感触に我に返ると、エーレンフリートが悪戯（いたずら）めいた微笑を浮かべている。

頬に触れた感触が彼の手だ、と気付いて、ルイーゼの頬が薄く色づいた。

「どうした？　なんでも言ってくれ……もう、お互い隠し事はなしだ。どれだけ耳の痛いことでも言ってほしい」

「いえ、大したことではなくて……ふふ、わかりました。エーレンフリートさまとこうして、笑い合って過ごせる時間が来るなんて、幸せだな、と思っておりました」

ルイーゼの言葉に、頬を撫（な）でていたエーレンフリートの手がぴたりと止まる。目を瞬（またた）かせたルイーゼの視線の先で、彼の顔が一気に赤くなった。

思わぬ反応に、目が丸くなる。

「……っ、そんな、かわいいことを言って……」

「か、かわいい……？」

突然そんなことを言われると困る。頬がますます熱くなるのを感じて、ルイーゼは身を捩った。

離れたエーレンフリートの手が宙に浮き、くく、とこらえきれない笑いがもれ聞こえてくる。

——も、もう……

からかわれているのだと思ったルイーゼが頬を膨らませて睨みつけると、エーレンフリートは相好を崩したまま、また「かわいい」と呟いた。

「もう、からかわないでください……」

「本気だが——俺は、嘘が嫌いだからな」

しれっとそう断言して、エーレンフリートはにやにやと笑う。そのまま立ち上がると、言葉に詰まったルイーゼのすぐ傍まで近づいてくる。

もう一度頬に触れた手は、今度はルイーゼの顔を上に向かせ、そのまま唇が落ちてきた。

ごく軽く触れた唇が一度離れ、もう一度、今度は少し長めに口付けられる。

ん、と小さな声がルイーゼの唇から洩れた。

「は……ああ、仕事したくないな……」

「まあ」

唇を離したエーレンフリートから洩れたぼやきに、ルイーゼが笑う。

アドリーヌとシャルルの件にかまけていたせいで遅れていたが、これから冬花祭りの準備で忙しくなるのだ。二カ月も先だとのんびり構えていた時期とは違い、既に約一か月後に迫ってきているため、各地での調整に追われるのだとエーレンフリートはぼやいた。

「せっかくあの二人の問題が片付いて、ルイーゼとゆっくりできると思ったんだが……」

「私も、これから式典の手順や衣装の準備などがあると聞いています。結婚してから、公の場に出るのは初めてですから……きちんとしないと」

気負うルイーゼを見て、エーレンフリートは肩をすくめた。

「もう少し、寂しがってくれてもいいんじゃないか？　明日からしばらく会えなくなるのに」

「まあ、エーレンフリートさま。冬花の祭を無事に終えなければ、新年の休みがいただけませんよ」

冬花の祭に合わせ、十日ほどかけて近隣都市の教会を視察に周らねばならないらしい。その前に二人の問題が片付いて良かった、とルイーゼは密かに胸をなでおろしていた。

そのためか、エーレンフリートへの口調も少し悪戯めいて、いつもの調子が出てきてしまう。

唇を尖らせてそんなルイーゼを眺めていたエーレンフリートは、不意ににやりと笑うと耳元に唇を寄せてきた。

「そうだな、二人きりで、のんびり過ごそう」

「……っ」

言葉自体には、何も色めいたところはない。だが、その声音がやけに艶めいて聞こえて、ルイーゼの頬に血が上る。

　ははは、と大きな声で笑ったエーレンフリートは、もう一度ルイーゼの唇にキスを落とすと、手を振ってその場を後にした。


　翌朝、早くに出立するエーレンフリートを見送った後、ルイーゼ自身も冬花の祭に向けての準備が始まった。今日の予定は衣装の仮縫いだ。冬花の祭での衣装は伝統的な色と型を用いることになっているため、デザインは細部の変更程度である。

　衣装を着せられ、立ったままでサイズの微調整や細部の変更についての相談などを行う。

　それが終わると、今度は儀礼官による式典の手順の説明だ。意外にも細かい手順が多く、エーレンフリートが戻った後にはリハーサルも行うらしい。

　目の回るような忙しさだが、おかげでエーレンフリートの不在を寂しく思う暇もないのが救いだった。

「ルイーゼさま、いまお時間よろしいかしら」

「まあ、アドリーヌさま」

　エーレンフリートの出立から五日ほど経つと、だいぶ体調の良くなってきたアドリーヌがこうして時折顔を出すようになっていた。

　部屋にこもりきりでは体力が戻らない、と言われ、女官をお供に連れて歩くところから始めたからだ。あまり堂々と歩き回れる身分でもないので、こうしてルイーゼの部屋を訪れる程度ではあるが。

「だいぶ顔色が良くなられましたね」

「ええ、ルイーゼさまのおかげで」

そう言って笑顔も見せるようになった。

シャルルのことについては、一応ルイーゼからアドリーヌに伝えている。驚きながらも、もう一度彼を信じたいという気持ちが、彼女の回復を後押ししているのだろう。

もう少し体力が戻れば、見舞いに行くこともできるのではないだろうか。

――みんなが幸せになれるといい。

ソファに座るように促(うなが)し、イングリットにお茶を淹(い)れてくれるように頼む。

冬花(とうか)の祭は、一年を無事に過ごせた感謝と来年の繁栄と幸福を祈る行事だ。自分たちと身近な人たち、それからアドリーヌとシャルル、そして皇妃としてグラファーテ帝国のみなの為に祈ろう。

未来の幸福を思って、ルイーゼはにっこりと微笑んだ。

エーレンフリートの帰還を翌日に控え、ルイーゼの周辺も忙(せわ)しない。

仕上がってきた衣装を合わせて最後の調整を始めたのは昼過ぎのことだ。優しい生成(きな)りの色をしたドレスは、近頃流行りのコルセットをぎゅうぎゅうに締(し)め付けるものではなく、胸の下で少し絞(しぼ)るだけのもの。自然に流れるスカート部分を優美に見せる古典的なスタイルだ。その後ろに長いトーレーンを着けて、格式を持たせる。

そのバランスが重要なのです、と熱弁をふるったお針子が、どうにか納得のいく姿に仕上げた頃には、もう午後のお茶の時間を過ぎていた。

――明日には、戻られるのよね……

衣装合わせから解放されたルイーゼは、そう思うと途端にそわそわしてしまう。何せ、十日も顔を見ないのは結婚してから初めてのことだ。

できる限りのことをしておいて、明日戻ってくるエーレンフリートとゆっくり過ごす時間を作りたい。

――孤児院への物資の手配や、冬花の祭への招待などは、そういえばどうなっていたかしら……

物資の方はリストを作って担当部署に渡したはずだが、招待の方を失念していたかもしれない。毎年、孤児院を出る年齢になった子どもたちを特等席に招待していると聞いていた気がする。

皇妃付きとして初めての冬花の祭の準備に奔走しているイングリットとベティーナは、衣装合わせが終わった後、それぞれ担当している部分の確認に出かけてしまっている。本来なら、どちらかが戻るまで待つべきだったが、いてもたってもいられない気分に急かされて、ルイーゼは廊下に顔を出した。

「あ、ねえ……ちょっとお願いがあるのだけれど」

部屋の前で警備にあたっていたのは、近衛隊の騎士が二人。いつもならアロイスかウルリヒのどちらかがいるはずだった。だが、近衛隊の隊長でもあるアロイスはエーレンフリートに同道しているし、ウルリヒはやはり祭の準備で警備計画の打ち合わせに出かけている。

そのため、今日当番を割り当てられたのは、比較的近衛隊に入って日の浅い、少し若い二人組であった。

そのうちの片方に伝言を頼み、もう片方の騎士を連れて、ルイーゼは部屋を出る。城の中、自身の執務室へ向かうだけなのでそう時間はかからないと思うと告げると、二人はしゃちほこばった敬礼をして皇妃の命に従った。

皇妃の執務室までは、庭の横の回廊を抜けていかねばならない。改装中の庭は幕で覆われていて見えないが、ひんやりとした空気が辺りを取り巻いている。

「おや、皇妃陛下、またお会いできましたね」

——どうしてここにいるの？

その回廊で出会ったのは、いつもと同じへらへらとした笑いを浮かべたヴェルナーだ。相変わらず洒落た服装をして、少し眠たげな眼をしている。

ルイーゼにとってあまり積極的にかかわりたくない相手だが、無視をするわけにもいかず、足を止めた。

「ヴェルナーさま、ごきげんよう」

軽く礼をすると、それだけでルイーゼは立ち去ろうとする。それを止めたのは当のヴェルナーだ。

悪戯っぽい口調で「つれないなあ」と呟いて、ルイーゼの前に回り込んできた。

「我が従兄弟殿とご結婚なさったんですから、僕とは親戚になったわけじゃないですか。少しくらい、お話してくださってもいいでしょう？」

「生憎、今日は忙しくて。また後日、陛下のおられる時にでも」

すげなく返すが、ヴェルナーはそれも笑って受け流した。ルイーゼの拒絶など聞こえなかったような顔をして、さらに話しかけてくる。

内心のため息を押し殺して、ルイーゼは仕方なく彼の相手をすることにした。

「エーレンフリートは、明日戻るんでしょう？」

「ええ、そう聞いています」

「十日も離れるなんて、お寂しかったのでは？　呼んでくだされば、いつでもお話相手になりに来たのに」

「いいえ、忙しかったので……」

ヴェルナーはにこにこしながら話しかけてくるが、ルイーゼの答えはそっけない。それでも満足なのか、彼は矢継ぎ早に次々と話題を繰り出してくる。

しかし、それでも会話が途切れる瞬間はあるものだ。

「では……」

すかさずその瞬間を捉え、ルイーゼは会話を切り上げようとした。気が付けば、もう陽が傾いている。太陽がゆっくりと地平線に向かい、空を茜色に染めようとしていた。

ヴェルナーの、茶褐色をした瞳がその光を受けて、やけに赤く見える。一瞬、その瞳にぞわっとした感覚を覚えたルイーゼが一歩さがろうとした時、ヴェルナーが彼女の腕を掴んだ。

「や、なに……」

「失礼、皇妃陛下。お顔に何かついて……ほら、ハンカチで拭って差し上げます」

まるで手品のように現れたハンカチを手に、ヴェルナーがそれをルイーゼの顔に近づけてくる。

ふわ、と甘ったるい香りがした――と思った刹那、ルイーゼの足がぐらりとよろけた。

「皇妃陛下……！」

大声をあげたのは、これまで空気のように控えていた近衛騎士だ。慌ててルイーゼを支えようとするが、それよりも近くにいたヴェルナーの行動の方が早かった。

優男のどこにそんな力があるのか、ぐったりしたルイーゼを抱え上げると、近衛騎士に向かって指示を飛ばす。

「皇妃陛下は具合がお悪いようだ。そこの部屋に運ぶから、きみは医者を呼んできてくれ」

「承知いたしました」

慌てた様子で走り去る騎士を見送ったヴェルナーの顔が、いびつな笑みを浮かべる。朦朧とした意識の中でそれを見たルイーゼは、大声をあげて騎士を呼び戻したかったが、身体が言うことを効かない。

――何が起きてるの……!?

その思考を最後に、ルイーゼの意識はゆっくりと闇の中へ落ちていった。

再びルイーゼが意識を取り戻したのは、薄暗い部屋の中だ。ぎしぎしときしむ身体をなんとか起こすと、長椅子の上に寝かされていたことがわかる。

辺りを見回そうとしたルイーゼは、鋭い頭痛に襲われてうめき声をあげた。

「ああ、起きたんですね。なかなか起きないから、薬の量を間違えたのかと思ってハラハラしましたよ」

その声にハッとして、ルイーゼは痛みをこらえて顔をあげた。振り返ると、そこには声の主——そして、ここにルイーゼを連れてきた張本人であるヴェルナーの姿がある。

窓枠に寄りかかっていた彼の手にはグラスがあり、近くに置かれたチェストの上に酒瓶が置かれているのが見えた。中身がだいぶ減っているところを見ると、相当飲んでいるのではないだろうか。

「どういう……つもりなの」

再び眩暈(めまい)がするほどの頭痛に襲われながら、ルイーゼはなんとか絞(しぼ)り出すように質問を投げかけた。ふ、と笑ったヴェルナーが、グラスに残った酒をあおる。

どことなく馬鹿にされたような気配がして、ルイーゼは痛む頭を押さえて彼を睨(にら)みつけた。だが——

「ねえ、皇妃陛下。あなた、処女でしょう」

「は……？」

とん、とグラスをチェストの上に置いたヴェルナーが発した一言に、ルイーゼは状況も忘れて素っ頓狂な声をあげた。

その声を聞いて、ヴェルナーが満足そうな笑みを浮かべているが、ルイーゼの心中はそれどころではない。

――な、なんでわかるの……っ？

その心の声を見透かしたかのように、ヴェルナーは追撃をかけてきた。

「見ればわかるんですよ、それくらい。いやあ、面白いなあ……エーレンフリートのやつ、実は不能なのかな……」

「な、何を……」

不能、というのが男性として機能しないという意味だということくらい、ルイーゼだって知っている。突然そんな屈辱的な疑いをかけられたエーレンフリートのことはさておき、見ればわかるというのはどういうことだろう。男性は、相手が処女かどうか見ただけで判別できる生き物なのだろうか。そんなこと、聞いたこともない。

目まぐるしく青くなったり赤くなったりするルイーゼを見て、ヴェルナーはもう一度笑った。

「ところで、皇妃陛下。あなた、エーレンフリートがどうしてアドリーヌと別れたか知っていますか？」

その質問に、ルイーゼはぎくりと身体を強張らせた。慌てて首を振ったものの、ヴェルナーにとっては最初のその態度こそが答えだったのだろう。一つ頷くと、ゆっくりとルイーゼに近づいてくる。

「知っているんですね。ねえ、皇妃陛下……これで、また同じことが起きたら、どうなると思います？」

「おなじ、こと……？」

その言葉の意味がわからなくて、ルイーゼは近づいてくるヴェルナーの顔を見上げた。いつもならへらへらとした笑みを浮かべている彼の顔は、今は能面のように無表情だ。

その無表情さに背筋が凍る。

「僕はね、エーレンフリートのことが大嫌いなんだ」

口調を変えたヴェルナーが、静かに話し始めた。

「兄は優秀だったから、それほど言われたことはないだろう。だけど、僕は出来の悪い子だったから、いつもエーレンフリートと比べられて、そして蔑まれてた——母に。いつだって、母が僕に何かを言う時は『エーレンフリートさまは、おまえの歳にはこれくらい難なくこなされていたのに』だ」

「それは……」

確かに辛いことだろう。だが、それでエーレンフリートを嫌うのは筋違いではないだろうか。

そうルイーゼが思ったのが伝わったのか、それとも自身でもこれまでに葛藤があったのか。ヴェルナーはルイーゼの言葉を遮ると、乾いた笑いを浮かべて話し続ける。

「……きみの言いたいことはわかるよ。でもさ……人間って不思議だね。そうやっていつも引き合いに出されるとさ……そいつを蹴落としたくなってくるんだ」

「そんなことをしたって、意味がないわ」

「はは……そう、わかってる。だけど、止められないんだ」

不意に甲高(かんだか)い笑い声をあげたヴェルナーは、そう呟くとルイーゼをひたと見据(す)えた。茶褐色の目は澱(よど)み、今はうっすらと狂気を帯びているようにさえ見える。

ぞくりと、ルイーゼの身体に悪寒が走った。

「二人も続けて皇妃を寝取られたら、さすがのエーレンフリートも無傷じゃいられないでしょ……？」

「ば、ばかなこと言わないで……」

「ばかなこと？　ばかなことじゃないよ」

いつの間にか、ヴェルナーの身体がルイーゼのすぐ近くまで迫(せま)っていた。立ち上がって逃げ出したかったが、薬の影響か、それほど身体に力が入らない。せめてもの抵抗に目に力を入れて睨(にら)みつけるが、彼はまた「ははっ」と乾いた笑いをこぼしただけだった。

「大丈夫、僕、エーレンフリートとは違ってこっち方面は得意だから」

「そういうことが問題なんじゃないでしょう」

「うんうん、僕、気の強い女性は嫌いじゃないよ。そう、きみのことは気に入っていたんだ……なのに、エーレンフリートに横からかっさらわれて……いつもいつも、エーレンフリートは……」

最後の辺りは、もはや口の中でぶつぶつと呟くような声音に変わり、二人しかいない静かな室内でも聞き取るのは難しい。だが、一瞬ルイーゼから気がそれたのは間違いなかった。

力の入らない両足を叱咤(しった)してどうにか逃げようとしたルイーゼは、しかしそれに失敗して長椅子からどたりと大きな音を立てて落ちてしまう。

――動いて……！

その祈りもむなしくやすやすと腕をヴェルナーに掴まれたルイーゼは、それを必死に振り払おうとした。だが、ここまでルイーゼを運べる程度に鍛えられた彼の手から、そう簡単に逃げられるはずもない。

――いや、せっかくエーレンフリートさまと気持ちが通じ合ったのに……こんな……っ！

じわっと目に涙が浮かぶ。掴まれた腕が痛みを訴えているし、動かない足も恨めしい。ぎり、と奥歯を噛みしめたルイーゼの表情に、ヴェルナーが恍惚とした笑みを浮かべた。

「ごめんね、こんな部屋しか用意できなくて。少し窮屈だけど、我慢して」

「やめてってば……っ！」

ヴェルナーの言葉にいよいよ焦りを感じたルイーゼが大声をあげる。しかし、言葉だけの抵抗でヴェルナーが止まるはずもない。

長椅子の上に軽々とルイーゼを横たえると、ふと思いついたように首元のクラバットを引き抜き、それでルイーゼの腕を縛り上げる。

「うーん、こういう趣向もなかなか……」

「何を言ってるの⁉」

満足げに呟いたヴェルナーにまた大声をあげたルイーゼだったが、のしかかってきた彼の手が頬を撫でる感触にびくりと身をすくめた。

その手が耳に触れ、首元を撫でていく。そこから全身に鳥肌が立って、ルイーゼは気色悪さに顔を歪めた。

「ね、もしかして、エーレンフリートはきみに触れたりもしなかったの？」

「そんなこと、どうでも……」

どうでもいいから、今すぐやめて——そう言おうとした瞬間、部屋の扉からガタンと音がした。

はっ、と一瞬息を呑んだヴェルナーが扉の方を向くと、ノブをガチャガチャと回す音がする。だが、扉の外の人物は、鍵のかかった扉を開くことができずにいるようだ。

やがて、どん、と一回大きな音がしたかと思うと、今度は扉を蹴りつける音がする。くそ、とヴェルナーが呟くのと、扉が蹴破られるのはほとんど同時だった。

「ヴェルナー、きさま……！」

「エーレンフリート、随分早いお帰りだったね」

蹴破られた扉から姿を現したのは、憤怒の形相をしたエーレンフリートであった。

ルイーゼにのしかかったままの体勢で、のんびりと返答したヴェルナーに飛びかかると、容赦ない拳の一撃を彼に見舞う。吹っ飛んだヴェルナーがうめき声をあげたが、エーレンフリートはそれを一顧だにせず、ルイーゼを抱き起こした。

「すまない……遅くなった」

「え、エーレンフリートさま……？　本当に……？」

戻るのは明日のはずだったのでは、とか、どうしてここがわかったのか、とか、頭の中を様々な疑問がよぎる。だが、クラバットで縛られた腕を解かれ、エーレンフリートの広い胸に抱き締められると、そのすべてがどうでもよくなってしまう。

ふっ、と自分の口から妙な声がもれたかと思うと、途端に堰を切ったかのように涙があふれ、ルイーゼはエーレンフリートの胸に縋り付くと、大声で泣き始めた。

「う、うえっ……エーレンフリートさま……っ」

「怖かっただろう……もう、大丈夫だから」

ゆっくりと背中を擦る手は優しい。温かく、大きな掌に慰められて、ルイーゼは肩を震わせた。


ヴェルナーのことを後から駆け付けたバルトルトに任せると、エーレンフリートの腕に抱かれたルイーゼは、自分の私室へと運び込まれた。

そこでは青い顔をしたイングリットとベティーナが待ち受けていて、ルイーゼの姿を確認するとホッとしたように駆け寄ってくる。

「皇妃陛下、ご無事で……」

そう言って涙を流す二人に、ルイーゼは「ごめんなさい」と小さく呟いた。本当なら、彼女たちのうちのどちらかの戻りを待てばよかったのに、それをしなかった自分が悪いのだ。そう言うと、二人はふるふると首を振って自分こそと先を争って謝り始める。

「すまないが、風呂の用意を頼めるか」

「かしこまりました」

いつまでも続きそうな謝罪合戦に、エーレンフリートが横から口をはさんだ。弾かれたように飛び上がった二人がルイーゼの様子を確認し、「すぐに」と立ち去っていく。

それを見送ったエーレンフリートは、ルイーゼを抱えたまま近くのソファに腰を下ろした。

「あ、あの……エーレンフリートさま、もう降ろしていただいて大丈夫……」

「いや、身体が冷え切ってる。こうしていた方が暖かいだろう」

そう言われて、ルイーゼはようやく自分の身体が随分と冷えていたことに気が付いた。先程までは、それに気付く余裕もなかったのだ。

気付いたとたん、猛烈に身体が震えだす。エーレンフリートの手がその身体を優しく包み、腕をさすってくれた。その暖かさが身に染み入る。

やがて、イングリットが風呂の準備ができたことを伝えに来ると、エーレンフリートは頷き、再びルイーゼを抱えたまま立ち上がった。

「ちょ、ちょっとまって、待って……!?」

浴室までルイーゼを運んでくれるだけだと思っていたエーレンフリートは、脱衣所に彼女を降ろすと当然のようにドレスに手をかけてくる。ルイーゼは慌てふためいて悲鳴のような声を上げた。

仮縫いから解放されたばかりだったルイーゼの着用しているドレスは簡素な造りで、ボタンをいくつか外すとすぐにシュミーズが見えてしまう。慌てて彼の手を押しやろうとするが、やんわりとそれを押しとどめたエーレンフリートは、少々もたつきながらもすべてのボタンを外し終えてしまった。

「ほら、まだ足元がふらついてる。そんな様子では、一人では危ないだろう？」

「そ、それならイングリットに……」

肩口からドレスを落とされてシュミーズ姿になったルイーゼは、それでもこの状況から推察される展開から逃れようとする。だが、エーレンフリートはそんなルイーゼにお構いなしに、今度は自らの服に手をかけると手際良くそれらを脱ぎ捨てていった。

「俺も、さっき戻ったばかりだから風呂に入りたい。一緒に入れば、手間がないだろう」

「で、では私は後でいいですから……！」

そんな問答の間にも手を止めず、下穿き一枚になったエーレンフリートの身体はほどよく引き締まっていて胸にも厚みがある。思わずじっと見つめてしまってから、ルイーゼは慌てて視線をそらした。

薄い寝間着一枚であの胸元に抱き寄せられたこともあるが、実際に肌を見るのは初めてだ。思った通り――いや、思った以上に綺麗に鍛えられた身体をしている、とうっかり考えてしまい、頬が熱くなるのを感じる。

エーレンフリートは、そんなルイーゼの様子を見て少し笑ったようだった。

「もう、ここまで来てそれはないだろう……」

近づいたエーレンフリートの手が、今度はルイーゼの肩からシュミーズの紐を滑り落とす。ん、と詰めた息がもれるような声がして、先程まで強引ともいえたエーレンフリートの手が、むき出しの肩に触れるか触れないかの位置で止まった。

「ああ……綺麗だな……」

絞り出すように呟いた声と同時に、止まっていた手がゆっくりとルイーゼの肌に直接触れて、肩を滑っていく。見られるのも触れられるのも初めてではないが、寝室と違い明るい浴室では話が違う。ふる、と恥ずかしさに身体を震わせると、エーレンフリートははっとしたようにその手を止め、ルイーゼを浴室の中へと押し込んだ。続けて中に入って来たかと思うと、ルイーゼの身体を軽々と抱え上げ、浴槽の中に共に沈み込む。

こんな状況でも、お湯の中に入ると身体が冷えていたこともあって、暖かさにため息がもれる。ふう、と口から息が出ると同時に、強張っていた身体から力が抜けた。

「ほら、指先がまだ冷たい……もっと寄りかかっていいぞ」

「そ、そんな……」

同じように息をついたエーレンフリートが、ルイーゼの指をとるとお湯の中に沈める。指先から手のひらまでマッサージするように触れられると、じんわりとした温かさとくすぐったさが入り混じって、唇からまた吐息がもれてしまう。

そうするうちに、さわさわと蠢く指先は、手のひらを通り越して腕へとその標的を変えていた。

「んっ……」

「気持ちいい？」

エーレンフリートの大きな手は、ルイーゼの腕など余裕で一周できてしまう。その手がゆっくりと腕を撫で上げて、肘を通り越し、二の腕に到達する。そこをやんわりと揉みこまれると、ルイーゼの唇からは艶めいたため息がもれてしまった。

恥ずかしさに顔が熱くなるが、エーレンフリートの口調はいつも通りだ。まるで自分だけがおかしな気分になっているみたいだ、とルイーゼはなるべく平静を装って頷いた。

「ん、だいぶ温まってきたみたいだな」

エーレンフリートはそう呟くと、ルイーゼの肩に指を滑らせ、今度はそこから下に降りてくる。ゆっくりと鎖骨を辿った指先が一瞬離れたかと思うと、すぐに手のひら全体で覆うようにしてその下の膨らみに触れた。

「……っ、ん」

「ここも……温かい」

ふるふると揺するようにされると、お湯がちゃぷちゃぷと音を立てる。撫でるような手つきは優しいが、そうされるたびに唇から妙な声がこぼれそうになって、ルイーゼは必死に唇を噛んでその声を呑み込もうとする。

「はあ……ルイーゼ、本当に……無事でよかった……」

しみじみと、安堵したように息を吐いたエーレンフリートが、ぎゅっと身体を寄せて耳元に囁きかける。胸に触れていた手が片方ゆっくりと腹を撫で、その下へと降りてゆく。

そうして、まだ穿いたままの下着の紐を引っ張って緩めると、するりとその中へ侵入してきた。

「あ、エ、エーレンフリートさまっ……待って……」

エーレンフリートの指先が、ルイーゼの和毛をさわさわと撫で、その先へ進もうとする。思わず声をあげたルイーゼだったが、彼の指は止まらなかった。

「もう、待たない」

短く告げた声は、少し掠れている。

「今夜、きみを俺のものにする……もう、絶対他の男になんか触れさせない……奪わせない」

首元に顔を埋めたエーレンフリートが、そこに何度も口づけを落とす。その間にも、指先がぴったりと閉じられたあわいを撫でて、そこを割り開いた。大きな手に見合った長い指が花びらを撫で、その先にある小さな粒を探り当てる。

そこをゆるゆると擦られて、ん、と小さな声がルイーゼの唇から洩れた。

恥ずかしさはもちろんある。だが、ルイーゼはその行為を拒否しなかった。

――私も、エーレンフリートさまのものにしてほしいと思ってる……

ヴェルナーに奪われるかもしれない、と思った時、初めてルイーゼはエーレンフリートと早く結ばれておけばよかったと後悔したのだ。だから、彼が同じようにルイーゼを望んでくれるのならば、怖がらずに受け入れたい。

「あ……っ、わっ、私も……私も……っ」

言葉にしたかったが、エーレンフリートが与えてくる緩やかな快感が邪魔をする。だが、意志は充分に彼に伝わったようだった。

「ルイーゼ……！」

突然ぐるりと身体を回転させられて、正面から抱きしめられる。エーレンフリートの身体に乗り上げるような形になってしまい、太ももにお湯ではない熱が押し付けられるのを感じた。

それがなんなのか一瞬の後に理解して、頭に血が上る。

恐る恐る触れたそこは、水に濡れた下穿きが貼りついて、直接的な感触はわからない。だが、その硬さと大きさ、そして熱さは充分に伝わってくる。

「ん、ルイーゼ……」

熱に浮かされたようなエーレンフリートの声がして、唇が重ねられる。ちゅ、と啄むように何度か触れたキスは、ルイーゼが受け入れるように薄く唇を開くとすぐに舌を潜り込ませ、くちゅくちゅと淫らな音を立てるものに変わっていく。

ルイーゼも、夢中でそれに応えた。彼の首に腕を回し、身体を擦り寄せるようにしてエーレンフリートと交わす口づけに溺れていく。

「っ、は、エーレンフリートさま……」

「ルイーゼ……っ」

唇を離し、そう囁き合い、そして再び唇を合わせる。お互いの唾液を啜り合い、舌を絡ませる動きがだんだん激しくなっていく。

尖った乳嘴が彼の胸にこすれ、じんじんと疼く。その感触がもどかしくなり、ルイーゼはさらに彼の身体に自分の身体を擦りつけた。

「ん、っ……ル、ルイーゼ……っ」

途端に、エーレンフリートが呻くようにルイーゼの名を呼ぶと、身体を震わせる。一瞬、身体がつぶれるかと思うほどぐっと抱きしめられたかと思うと、しばらくして彼の身体が弛緩する。

「……く、くそっ……こんな……」

荒い息の間に呟いたエーレンフリートは、突然ルイーゼを抱えるとざぶんと音を立てて浴槽から立ち上がった。見上げた彼の琥珀色の瞳がぎらぎらと輝き、口元には獰猛(どうもう)な笑みが浮かんでいる。

「ど、どうなさったの……」

「続きは、寝台でしょう」

どこか悔し気にそう言うと、エーレンフリートは大股で浴室を出て、寝室へとルイーゼを運び込んだ。

◇

——まさか、出てしまうとは思わなかった……！

エーレンフリートは歯噛みしながら大股にルイーゼを寝室へと連れて行き、寝台に横たえた。少々濡れたままだが、暖められた室内では冷えることはないだろう。寝台の方は、これからどうせぐちゃぐちゃになるのだから構わない。

戸惑いながらも、ルイーゼの紫の瞳が潤(うる)んで自分を見上げている。ごくりと唾を飲み込んで、エーレンフリートは再び彼女の唇に口づけを落とすと、すぐに小さな舌を探(さぐ)り当て、自分のものと絡ませた。蕩(とろ)けた光を瞳に浮かべ、ルイーゼが必死にそれに応(こた)えようとしてくる。その行動に受け入れられていることを感じて、エーレンフリートの身体が再び熱さを増した。

「ん、んっ、あっ……」

真っ白な膨らみに指を這わせ、その頂を指で掻く。ぷっくりと膨らんだそこは弾力に富んでいて、こりこりと摘まむとルイーゼの唇から甘い声がもれだした。

「ん、ルイーゼ……」

口づけの合間に名前を呼ぶと、ふる、と彼女の身体が震える。もどかしげに揺れる足に気が付いて、エーレンフリートの唇に笑みが浮かんだ。

「こっちにも、触れてほしいんだな？」

「あ、や、そんな、んんっ」

濡れて貼り付いた下着を引き下げ、先程触れた粒を探る。指を差し入れたあわいにぬるぬるとした感触を感じ、エーレンフリートは驚きと感動を覚えた。女性は気持ちがいいとここから蜜をこぼすのだ、ということくらいは聞いたことがある。

自分の手でルイーゼに快感を与えているのだと思うと、既に一度達したばかりだというのに股間に力がみなぎって痛いほどに張り詰めていく。急く気持ちを押さえるように、ふ、と短く息を吐いて、エーレンフリートはその蜜を指で掬うと慎ましい粒に塗り付け、そこをゆっくりと撫でさすった。

「あ、あっ、あ……ッ」

びくりと身体を震わせたルイーゼの口から、艶めかしい喘ぎ声がこぼれだしてくる。慌てて口を押さえようとする手を掴み、その甲に口づけると、エーレンフリートはにやりと笑った。

「だめだ、聞かせてくれ」

「や、やだあ……へっ……変な声だもの……っ」

瞳を潤ませてルイーゼがイヤイヤと首を振る。だが、エーレンフリートは容赦なくぬめる粒を指で挟み、ふるふると震わせるように刺激した。途端にルイーゼの声が高く、大きくなってエーレンフリートの耳を愉しませる。

「あ、あっ、やだ、や、こわい、どこか行っちゃいそう……っ」

「大丈夫、ほら、しっかりつかまって……絶対に離さないから」

ルイーゼの身体が揺れるのに合わせて、豊かな膨らみが揺れている。尖った先端に誘われるように舌を伸ばしてぺろりと舐めると、ルイーゼの身体がぎゅっと強張った。握った指に力が入り、指先が白くなっている。絶頂が近いのだ、と理解して、エーレンフリートは先端を口にくわえると、舌を絡ませちゅくちゅくと吸い上げた。

「や、や、だめ、だめぇ……っ、やだ、飛んでっちゃ、あ、あっ……！」

一瞬、ルイーゼの腰が浮き、四肢が強張る。ぎゅっと閉じられた目から一筋涙がこぼれ、途切れ途切れの懇願の声が、最後にひと際高くなった。しっかりと抱き締めてやると、びくびくと震えたあと、だらりと身体から力が抜けた。

「達した……のか？」

「達した……？　わ、わからな……」

確認するように問うと、はあはあと荒い息をつきながらルイーゼが首を振って呟いた。頬が——

いや、身体全体が上気して、薄い紅色に染まっている。そのこめかみから汗が一筋流れているのを見て、エーレンフリートはそれをぺろりと舐めとった。

「なんか、どこかへ飛んでいきそう……というか、一瞬飛んで行った気がします……」

ふう、と息を吐いたルイーゼが、ぽつりとそうもらした。それを聞いて、エーレンフリートがにまにまとした笑みを浮かべる。

「それが、おそらく達する——ええと、いわゆる『イく』という状態らしい。慣れると女は何度でもその境地に達せられるらしいぞ」

「えっ……」

自分の手でルイーゼを高みに導けたことに喜色満面のエーレンフリートの言葉に、ルイーゼは目を見開いた。

「や、やだ……こわいもの……」

「怖くはない、そのうちクセになる、らしい」

本当に、と呟いたルイーゼの唇を、エーレンフリートは自分の唇で塞いだ。こればかりは、言葉を尽くすよりも実際に経験しなければわからないだろう。何度でも、それを体験させてやりたい。

だが、今はそれよりも、エーレンフリートの欲は弾ける寸前でルイーゼの中に入る瞬間を待ちわびている。

する、と指を滑らせて、エーレンフリートはその場所を探り始めた。

「ん、この辺、か……？」

傷つけないよう慎重に、エーレンフリートはその入口に指を這わせると、浅瀬に指を沈み込ませていく。ルイーゼの身体がびくりと強張るのを宥めるように、軽いキスを何度も落とすと彼女はいくらか力が抜けたようだった。

何物も侵入したことのないそこは、まだ少し硬い。ゆっくりと慣らすようにして指を進ませ、ほぐしてゆく。

——こんな狭いところに、本当に入るのか……？

疑問が頭を掠める。だが、暖かく湿ったこの場所に入ることができたら、どれだけ気持ちがいいだろうか、という欲求は簡単にその疑問を霧散させてしまう。

——せめて、少しでもほぐして痛みを少なくしてやらなければ。

幸いにも、達することができたおかげか、ぬるぬるとした蜜がエーレンフリートの指の侵入を助けてくれる。しばらくして慣れた頃を見計らい、指を二本に増やすと、ルイーゼの唇から「んっ」と痛みをこらえるような声がこぼれた。

「すまない……痛いか？」

「すっ……少しだけ……」

強張った笑みを浮かべたルイーゼが、ゆっくり首を振る。いじらしさに胸が詰まって、エーレンフリートは彼女の頬を優しく撫でると、その唇に口付けた。軽い口付けは、やがて舌を絡ませ合う淫らなものに変わり、それを続けながらエーレンフリートの指がルイーゼの中をゆっくりと行き来する。

「……っ、あ、ふっ……」

口づけの合間にもれていた息に、再び艶が戻ってくる。その反応を引き出した場所をトン、と叩くと、ルイーゼの唇からはまた艶めいた吐息がもれた。

――ここか。

聞きかじりの知識だが、女性には中にも快感を拾いやすい場所があるという。偶然だが、それを探り当てられたらしい。とろ、と新たな蜜がこぼれ、エーレンフリートの指は滑らかに、しかし的確にその場所を刺激し始めた。

「んっふ、あ、あっ……あ、ま、また、あっ」

「ん、いいから……そのまま身を任せて……」

きゅきゅ、とエーレンフリートの指を包んでいた襞が収斂を繰り返す。ふ、と息を詰めたルイーゼがエーレンフリートの首にしがみつき、激しく首を振った。

身体が震え、肩口に埋めた唇から声にならない声がもれている。少しだけ伸びていた爪が背に食い込み、一瞬エーレンフリートの身体に力が入った。と、同時に、どうやらルイーゼの感じるその場所を強く刺激してしまったようだ。

「っ、ん、んんん……ッ!」

「ルイーゼ、ルイーゼ……!」

指をぎゅっと絞り上げ、奥へ奥へと誘うように引き込もうとする。再び達したのだ、と気が付いて、エーレンフリートはそれに逆らうように指を引き抜くと、履いたままだった下穿きをむしり取る勢いで投げ捨てた。

窮屈な締め付けから解放されたエーレンフリートのものは、既に腹につきそうなほど反り返っている。先程まで指でほぐしていた場所にそれを擦りつけ、あふれる蜜を纏わせると、エーレンフリートはずぶりとその先端を突き立てた。

「……っ」

二本の指でも狭かったその場所は、まるで侵入を拒むかのように押し返してくる。だが、もうこれ以上待つのはエーレンフリートには不可能だった。

――奥へ、奥へ……っ
隘路を割り開き、エーレンフリートの肉槍がずぷずぷと入っていく。ルイーゼの苦しげなうめき声が聞こえたが、もう止まれなかった。

「すまない……っ」

「ううん……っ、あ、だ、だい……じょうぶ……」

エーレンフリートの腕を無意識に掴んだルイーゼが、苦しげな口調でそう言う。ぎり、と爪を立てられた痛みはあるが、それよりも快感の方が強い。指では届かなかった少し狭い場所をその勢いのままに突破して最奥に到達したエーレンフリートは、そこまで来てようやく我に返った。

「あ……ルイーゼ、その、すまない……痛い、よな……」

青い顔をして歯を食いしばったルイーゼは、それでも気丈に微笑むと首を振って見せた。その微笑みにぎゅっと胸を締め付けられて、エーレンフリートはもう一度「すまない……」と呟いた。

「謝らないで。私、嬉しい、から……」

「ルイーゼ……」

「これでもう、私、エーレンフリートさまのものよね……？」

まだ痛むのだろう。眉間(みけん)にしわを寄せたまま、ルイーゼはそれでも幸せそうな笑みを浮かべている。

──ああ、そうだ……。これで、ルイーゼは俺の……

急激に胸が幸福に満たされる。ゆっくりと手を伸ばしてその頬に触れると、エーレンフリートは額を寄せて囁(ささや)いた。

「ああ、そうだ……。そして、俺はきみの、ルイーゼのものだ」

「私の……？」

一瞬驚いたように目を見張ったルイーゼが、今度こそ心からの笑みを浮かべる。伸ばした手がエーレンフリートの頬を撫(な)で、そして今度はルイーゼからエーレンフリートに口付けが贈られた。

「私の……絶対手放(てばな)しませんから」

「ああ……」

しっかりと見つめ合い、微笑み合う。きっと自分と同じ幸福をルイーゼも感じていてくれる、それが伝わってくるようだ。

だが、心はそれで満たされても、肉欲の方はそうはいかないらしい。無意識のうちに腰が揺れ、ルイーゼが小さな呻(うめ)きをもらした。

「悪い……動いても、大丈夫か……？」

「……っ！　は、はい……」

もう一度キスをして、エーレンフリートはゆっくりと腰を動かし始めた。最初のうちはぎこちなかった抽送も、再びルイーゼからこぼれ始めた蜜に助けられ、だんだんと滑らかになってゆく。

――腰が、溶けそうだ……

次第に腰を打ち付けるスピードが増してゆき、ルイーゼの中が搾り取るように収縮を繰り返す。暖かな襞に包み込まれて繋がった場所からは、ぐちゅぐちゅと大きな音が立っている。

ぽた、と白いシーツに落ちた雫には、ルイーゼの純潔の証が薄く混じり、紅色の染みを作った。

「つ、あ、ルイーゼ、ルイーゼ……だめだ、気持ちよすぎて……」

「ん、エーレンフリートさま、いいの、もっと、気持ちよくなって……」

きっと、ルイーゼはまだ痛みの方が強いだろう。だが、それを伺わせることなく、ルイーゼは健気にエーレンフリートを受け入れ、包み込んでいる。

――ああ、幸せだ……

せめて、と震える乳房の先端を口に含み、ころころと舌先で転がす。わずかに甘い声がし始め、きゅうっとまた中が締まる。

「あ、あっ……ルイーゼ……っ」

もう、堪えることはしなかった。いつまでも中にいたい――そんな気持ちがなかったと言えば嘘になる。だが、それよりも、ルイーゼが受け入れてくれて――一つになれた喜びの方が何倍も大きい。

こみ上げた射精感に抗うことなく、エーレンフリートはその欲をルイーゼの中に全て注ぎ、彼女をしっかりと抱き締める。

「あ、ああっ……」

そのルイーゼもまた、一際高い声をあげると身体を震わせ、エーレンフリートにしがみついた。

少しだけ伸びた彼女の爪が肩に食い込むが、さほどの痛みは感じない。

ただ、深い充足感が胸を満たし、エーレンフリートは彼女の銀の髪に頬を擦り付けた。さらさらとした感触が心地よく、甘い香りがより一層強くなる。

そのまましばらく甘い余韻に浸って、エーレンフリートは目を閉じた。腕の中の体温が、こんなにも愛おしく感じられるとは。

ゆっくりと髪を梳き、愛しさのあふれるままにその一房に口付ける。

「ルイーゼ」

囁くように名前を呼べば、小さな声で返事がある。もう一度呼べば、もう一度。くすくすと笑う声に誘われるようにして顔を覗くと、紫の瞳と視線が交わった。

引き寄せられるようにして、頬に、そして唇に軽い口付けを落とす。

「大丈夫か？」

「はい」

はにかむような笑みを浮かべ、ルイーゼが頷く。少し潤んだ瞳と、上気した頬――それに、しっとりと汗ばむ肌が艶かしく見えて、それらが再びエーレンフリートの情欲を煽る。

——いや、だめだろう……！

むくむくと頭をもたげる欲望を抑え込むように、エーレンフリートは首を振った。初めての時、女性には負担がかかっているのだ。先ほど痛みを耐えてくれたルイーゼに、更なる負担を強いることなどできない。

「……喉は渇いていないか？　何か飲むか？」

「あ、では……お水を」

不埒な欲求を振り払うようにして、エーレンフリートはガウンを羽織ると寝台を降りた。気の利く女官たちが準備してくれた水差しの水はまだ冷たい。グラスに注いで自分も一口飲んでから、再度満たしたものを持って寝台へ引き返す。

すると、ルイーゼが少しだけ顔をしかめながら身体を起こすのが見えた。

「こら、無理をするな……ほら、ここに寄りかかって」

慌てて駆け寄り、ルイーゼの背中に枕を当ててやる。もたれられるように場所を整えてやると、寝台のそばからもう一枚ガウンを取って着せ掛けてやった。

寒いだろうと思ったのもあるが、これ以上無防備な姿を見せられては抑えが効くものも効かなくなるからだ。

しかし、そんなエーレンフリートの事情など、ルイーゼは知る由もない。頬を赤らめ、口元ににかんだ笑みを浮かべると「ありがとうございます」とかわいらしい声で言う。

その仕草に、またむくむくと欲望を煽(あお)られて、エーレンフリートは心の中で呟いた。

——これくらいは、いいだろう。

グラスを受け取ろうと手を伸ばしてくる彼女を制し、おもむろに自(みずか)ら口をつける。え、と目を丸くしたルイーゼの後頭部に手を添えると、ぷくりとした唇に自(みずか)らのものを重ね合わせた。

「ん、んっ……？」

おそらくは、エーレンフリートの意図がわからないのだろう。戸惑った声をあげるルイーゼの唇を舌先で突いてやると、ようやくそこが薄く開く。

侵入させた舌を通じて水を送り込んでやると、ルイーゼはちゅ、と吸い付くようにして飲み込む。

その感触の甘美さに、エーレンフリートは二度、三度と同じ行為を繰り返した。

——たまらない。

四度目、今度は水がなくなってもエーレンフリートは唇を離さなかった。水で冷えた下でルイーゼの口腔(こうこう)内をまさぐり、舌を絡(から)める。

「ん、ふ、ふぁ……」

戸惑ったような声がもれたのも、ほんの一瞬のこと。すぐにエーレンフリートの口付けに応(こた)え、ルイーゼが拙いながらも舌を絡(から)めてくれる。

——ああ、幸せだ。

思う様口付けを貪(むさぼ)ったエーレンフリートは、満足げにルイーゼに微笑みかけた。同じように微笑み返す彼女を、こみあげる愛しさのまま、ぎゅっと抱きしめる。

「庭を……」

「庭？」

どこか幼い口調は、普段のルイーゼとは少し違う。甘えの滲む声音に、自分だけがこれを聞けるのだという優越感が沸き起こった。

うん、と頷くと、今度はルイーゼの鼻先にちょこんと唇をつける。もう一度唇に触れたら、今度はもう口付けだけでは終われないから。

「改装させているだろう？　きみの好きな花を植えるよう、叔父上に頼んでおいた……」

「まあ」

ルイーゼの笑みが、うっとりとしたものになる。

「花の盛りに、またお茶会をやろう」

「あら、盛りの時期だけですか？」

少しむくれたような声で、ルイーゼが問う。普段よりも幼い仕草に、また笑みがこぼれた。

「いや、花の時期でなくても……きみと一緒なら、いつでもいい」

「わたしも……」

ルイーゼの腕が伸びて、エーレンフリートの首に巻きつく。ぐい、と引き寄せられて、唇が軽く触れ合わされる。

「楽しみにしています」

ふふ、と笑うルイーゼの瞳は、とろとろと半ば微睡んでいる。再び抱き合いたい気持ちをどうにか堪えると、エーレンフリートは頷いて、優しくその髪を撫でてやった。

エピローグ

静かな大教会の中で、エーレンフリートとルイーゼは並んで赤い絨毯の上を歩いている。

奥に見える金のレリーフの付いた扉が、祈禱室の入口だ。年に一度、皇帝夫妻が訪れ、ここで祈りを捧げるのが、冬花の祭のメインイベントである。

だが、国民にとってはその後の方が重要だろう。

祈りを捧げ終えた皇帝夫妻が、屋根なしの馬車に乗って大教会から皇城までパレードを行うのだ。

その道筋にはたくさんの屋台が立ち並び、各地からの旅人や帝都に住む人々でにぎわっている。

子どもたちはきっと、屋台に並ぶ飴や串焼きを手にして満面の笑みを浮かべ、大人たちは酒杯を手にそぞろ歩いているだろう。

パレードを間近で見たいものは、すでに場所取りをして、今か今かとその時を待っているはずだ。

もちろん、特等席には孤児院の子どもたちを招待してある。

顔が見られるかどうかはわからないが、少しでも楽しんでくれれば良いと思う。

「ルイーゼ、手を」

「はい」

皇帝夫妻は微笑み合うと、静かにその扉の中へと姿を消した。

この日を迎えるまで、色々なことがあった。

二人が初めて結ばれた翌日、ルイーゼはまったく起き上がることができず、イングリットとベティーナに大変な心配をかけたものだ。

ただ、二人の様子や、シーツの汚れを発見されてしまったこともあり、ようやく皇帝夫妻が名実ともに夫婦になったことはすぐにバレた。お陰で涙ながらに祝われ、顔から火の出るような思いをする羽目(はめ)になったのは、記憶から早く削除したい出来事である。

エーレンフリートも、バルトルトから随分(ずいぶん)いろいろ言われたらしい。

「まだだったのか、と言われた……大人になったな、ってそういう意味だったのか……」

などとぶつぶつ呟いているのを、ルイーゼは苦笑交(ま)じりに慰(なぐさ)めたものだ。

一日起きられなかったこともあって、翌日からは慌ただしい日々が続いた。お互い、寝る時間もバラバラになったし、ゆっくりと食事を楽しむ暇もなかったほどだ。

その中で、ようやく回復したシャルルがアドリーヌと話し合い、和解できたことは嬉しい知らせだった。これからは、乳幼児にこだわることなく養子を探し、跡継ぎとして育てることになったのだという。

自分の子が持てないことは残念だが、エーレンフリートとルイーゼの子ができた時には一番に知らせてほしい、とアドリーヌに懇願(こんがん)され、ルイーゼはそれを約束した。

ヴェルナーには、国外への追放が言い渡された。ただ、表向きには国外への留学という形を取っている。ルイーゼの貞操については問題ないことが証明されてはいるが、事が明るみに出ればいろいろと痛くない腹を探られる事態になるからだ。

最後に会ったヴェルナーは、憑き物が落ちたかのようにさっぱりとした表情を浮かべていた。南方の国へ行き、造園について学ぶことにしているらしい。

また、その父であるアダルブレヒトは、監督不行き届きを理由に爵位を長男に譲り、造園の指揮が終わり次第領地に戻るとのことだった。

祈りの時間が終わり、扉が開かれる。ルイーゼは再びエーレンフリートに手を取られ、紅い絨毯の上をゆっくりと歩いた。

馬車に乗り込むと、エーレンフリートがルイーゼの耳元に唇を近づけてくる。

「その耳飾り、よく似合ってる。——前にも、付けていたよな？」

「え、ええ……気付いていらしたんですか？」

ルイーゼが今日身に着けているのは、中庭でお茶会をした日に選んだ琥珀の耳飾りだ。生成りの衣装には少し地味かもしれないが、せっかくなのでエーレンフリートの色を身に着けたい、とわがままを通してもらった。

——前も気付かなかったから、自分だけの自己満足のつもりだったのに。

驚きに目を見張ったルイーゼに、エーレンフリートはにっこりと微笑んだ。

「ちゃんと見ていた。俺の目と同じ色を選んでくれた……と思っていいんだよな？」

「ええ……」

赤くなって俯（うつむ）くと、エーレンフリートの忍び笑いが聞こえる。そうこうしているうちに、馬車は時間通り出発したようだった。

少し揺れる車内で、エーレンフリートがルイーゼの腰を抱く。

「俺も、今日はきみの色を身に着けてきた」

そう言ってエーレンフリートが指し示したのは、胸元に着けられた鎖付きのピンだ。紫色の石が、複雑な形に組み合わされている。

「これ、もしかして……」

近くで見ると、それは小さな花がいくつも連なった形をしていた。まるでルイーゼが好きな紫丁香花（ライラック）のようだ。そう思って彼の顔を見上げると、エーレンフリートは嬉しそうに頷（うなず）いた。

「きみの好きな花なんだろう？」

「エーレンフリートさま……」

感激に胸がいっぱいになる。お互い、似たようなことを考えていたのだが、エーレンフリートの方が一枚上手だった。

「ありがとうございます……覚えていて、くださって」

「忘れないよ」

エーレンフリートは微笑んで、ルイーゼの頬に手を添えた。唇がゆっくり近づいて、やがて重なる。

その時、周囲から大歓声が起きた。

「……っ！」

忘れていたが、ここは屋根なし馬車の中だ。そして、今通っているのはパレードの順路――すなわち、この帝都で最も人の多い場所である。

「エ、エーレンフリートさま、離して……！」

「いやだ、もう離さないって言っただろう？」

「そ、それとこれとは違います！」

言い争う声も、歓声にかき消されて沿道の民には届かない。ただ、仲睦まじくじゃれ合う皇帝夫妻の姿が見えるだけである。

「よかったなあ、陛下、お幸せそうじゃないか」

「これで、グラファーテも安泰だなあ」

そう囁き合う声に見送られ、二人の乗った馬車は皇城への道を走っていった。

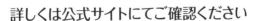

この作品に対する皆様のご意見・ご感想をお待ちしております。

おハガキ・お手紙は以下の宛先にお送りください。

【宛先】

〒150-6008 東京都渋谷区恵比寿4-20-3 恵比寿ｶﾞｰﾃﾞﾝﾌﾟﾚｲｽﾀﾜｰ８F
（株）アルファポリス　書籍感想係

メールフォームでのご意見・ご感想は右のＱＲコードから、
あるいは以下のワードで検索をかけてください。

アルファポリス　書籍の感想　検索

ご感想はこちらから

本書は、「アルファポリス」（https://www.alphapolis.co.jp/）に掲載されていたものを、改稿、加筆のうえ、書籍化したものです。

女性不信の皇帝陛下は娶った妻にご執心

綾瀬ありる（あやせありる）

2021年 12月 25日初版発行

編集－本丸菜々
編集長－倉持真理
発行者－梶本雄介
発行所－株式会社アルファポリス
〒150-6008 東京都渋谷区恵比寿4-20-3 恵比寿ｶﾞｰﾃﾞﾝﾌﾟﾚｲｽﾀﾜｰ8F
TEL 03-6277-1601（営業） 03-6277-1602（編集）
URL https://www.alphapolis.co.jp/
発売元－株式会社星雲社（共同出版社・流通責任出版社）
〒112-0005 東京都文京区水道1-3-30
TEL 03-3868-3275
装丁イラスト－アオイ冬子
装丁デザイン－AFTERGLOW
（レーベルフォーマットデザイン―ansyyqdesign）
印刷－図書印刷株式会社

価格はカバーに表示されてあります。

落丁乱丁の場合はアルファポリスまでご連絡ください。

送料は小社負担でお取り替えします。


ISBN978-4-434-29709-0 C0093